DIEZ FORMAS DE AMAR

DIEZ FORMAS DE AMAR

JAUME CASTEJÓN

Primera edición: febrero 2026

Edición: Kal ediciones

Maquetación: Jaume Castejón

Diseño de portada: © Miguel Gosálvez

ISBN: 978-84-09-81716-0

DEPÓSITO LEGAL: DL S480-2025

IMPRESO EN ESPAÑA – UNIÓN EUROPEA

ÍNDICE

1

FECHA DE CADUCIDAD

Aquel lunes volvería a ser feliz. Los fines de semana se me hacían condenadamente largos, deseando que acabasen para volver a verla, para estar junto a ella, porque la amaba en secreto. Por las mañanas asistía al colegio y en un papel en blanco, que situaba junto a las libretas que usaba para cada asignatura, iba escribiendo su nombre, una vez y otra, como si conjurase un mantra arcaico que me permitiese hacer posible su amor por mí. Así pues, al final de la mañana, la hoja de papel rebosaba tinta con la misma palabra repetida cientos y cientos de veces. Una palabra con seis letras, las seis letras más bonitas que jamás había visto hasta entonces, las seis letras de su precioso nombre: Mireia.

A las cinco y media de la tarde empezaban los nervios. Era un temblor constante que disparaba el latido de mi corazón, una sensación a la vez alarmante y placentera mientras preparaba los utensilios para ir a nadar. Se acercaba la hora de volver a verla. A las seis en punto, estaba sentado en el borde de la piscina con los pies metidos dentro del agua, enjuagando las gafas de natación parar que no se empañasen, ajustándomelas para que no entrara ni una gota de agua. Ella ya llevaba cinco minutos nadando en la misma calle donde yo, en breve, me lanzaría. Todavía recuerdo aquellos breves instantes en los que nos cruzábamos, cada uno en un sentido, y a mi mente acudía la idea libidinosa de que entre su piel y la mía no habría más de veinte centímetros de distancia.

Las únicas palabras que nos dirigíamos era un «hola» y un «adiós». Siempre fui un cobarde en temas amorosos y pensaba, entonces, que en cuanto le hablase me miraría con desprecio y el miedo a la humillación, seguramente bajo la atenta mirada de aquellos que estuviesen cerca de nosotros, haría que me sintiese profundamente ridículo.

Yo salía de la piscina antes que ella y esperaba, junto a la puerta de salida de las instalaciones deportivas sentado en un banco, a que ella pasase por delante con su pelo mojado, de color anaranjado, para sentir una aceleración cardíaca digna de un cuádruple salto mortal sin red y con la vana esperanza de que se detuviese ante mí y me declarase su amor más absoluto; cosa que nunca ocurría. Mientras la veía marcharse, mi mente ya había dibujado su dulce sonrisa, sus maravillosas pecas, sus impresionantes ojos azules y su melodiosa voz, junto a su espléndido cuerpo de nadadora, en las páginas de mi memoria para que no la olvidara jamás.

Sin embargo, aquel lunes fue diferente. Yo esperaba sentado, pero ella desvió su camino habitual para subir las escaleras que conducían al bar del club. Rápidamente busqué en mis bolsillos, sin saber por qué lo hacía y encontré una moneda de cincuenta pesetas. Algo me obligó a levantarme en contra de mi voluntad. Con un temblor casi imposible de controlar entré en el bar. Allí estaba sentada junto a una amiga. Estaban tomando una Coca-cola. Me dirigí a la barra y pedí también una. No había nadie más y el dueño de la cafetería me la sirvió distraídamente mientras escuchaba atentamente un pequeño transistor que tenía encendido. Pagué la consumición y me dirigí a la mesa donde estaban, preso de una voluntad extraña y por completo ajena a mí, armado de un valor que todavía hoy me sorprende.

—Hola —dije, quedándome de pie junto a la mesa mientras ellas dos se miraban con sorpresa—. ¿Puedo sentarme? —pregunté después de unos largos segundos de silencio en los que parecía que ellas no iban a decir nada.

—Sí, claro —respondió la amiga con una sonrisa pícara—. ¿Cómo te llamas? ¿Tú eres el que nada cada día en la misma calle que ella, no? —dijo señalando a Mireia, provocándole un rubor en las mejillas.

Creo que durante la media hora que duró nuestra estancia en el bar no aparté la mirada de los ojos de Mireia, ni ella apartó su mirada hacia mí. La amiga, que se llamaba Dolores, percibió de inmediato que entre nosotros dos había una tensión especial. Pero no se levantó, seguramente porque planeaba el contenido de la «nota de prensa» con la que al día siguiente informaría a todas las amigas, para mayor vergüenza de Mireia.

Cerca de las ocho menos cuarto, el dueño del bar nos apremió para que nos fuéramos a casa y nos metió algo de miedo en el cuerpo.

—A ver, chicos. Deberíais marcharos a casa. ¿No sabéis que ha habido un golpe de estado? Vuestros padres estarán preocupados. A ver si van a volver los militares a este país. ¡Hala, a casa!

Los tres nos miramos atónitos. Teníamos dieciséis años, nuestras preocupaciones eran otras, estábamos empezando a descubrir la vida. Salimos a la calle y Dolores se despidió de nosotros sin dejar de mirar a su amiga con una sonrisa socarrona. Mireia me pidió que la acompañase a su casa porque dijo que tenía miedo.

El camino hasta el domicilio de Mireia es un trayecto que no recordaré jamás. No sé por qué calles anduvimos, solo tenía ojos para ella, parecía que el mundo a nuestro alrededor se había fundido, que el tiempo se ha había detenido. Miradas, risas, confesiones y nuestras manos que llegaron a encontrarse, a cogerse, a transmitirse un calor, una energía, un amor inocente y desbocado. Ya junto al portal una mirada, un silencio, un beso. Nuestro primer beso.

Una parte de España sentía el temor de volver a un pasado al que no quería regresar, pero aquel lunes, 23 de febrero de 1981, Mireia y yo nos juramos amor eterno. Lástima que los juramentos que se hacen a los dieciséis años tengan fecha de caducidad.

2

PRIMER AMOR

Juan volvió a su ciudad natal con el sol de julio pegado a la espalda y una sensación extraña en el pecho. No era tristeza, tampoco alivio. Era una mezcla rara que uno siente cuando pisa un lugar conocido después de demasiado tiempo. Regresaba a la cuidad que lo vio nacer treinta y seis años antes. Caminó despacio por las calles donde creció, con una mochila al hombro y el paso pausado de quien no tiene prisa.

Su padre había muerto hacía dos semanas. El abogado se había encargado de todos los papeles, pero le había insistido en que debía firmar la aceptación de la herencia presencialmente. Un piso modesto, una cuenta con unos pocos ahorros y un viejo coche que apenas funcionaba. Nada que lo retuviera, pero aun así tuvo que quedarse hasta que se resolviera lo de la herencia.

La ciudad había cambiado, aunque no tanto. Las aceras eran más grises, los árboles más altos y algunas tiendas ya no estaban, reemplazadas por inmobiliarias, cafés o por locales cerrados. Algo en el aire, sin embargo, seguía igual. Ese aire caliente y la humedad seguían inundándolo todo.

Aquel mediodía, sin plan alguno, se sentó en una terraza y pidió una cerveza bien fría. Se acomodó bajo la sombra de una sombrilla. Vestía pantalón de lino, una camisa azul y unas gafas de sol. Tenía el pelo más canoso y unas arrugas que le marcaban la frente. Sentado en la terraza de aquel bar contemplaba un cielo azul profundo y recordaba los años de juventud vividos junto a su familia. La temperatura empezaba a ser agradable para ser finales de agosto y la terraza estaba llena de personas que, como él, disfrutaban de un soleado sábado.

De repente la vio. El estómago le dio un vuelco y el corazón se aceleró repentinamente. No daba crédito, habían pasado tantos años. Seguro que se había confundido, pero se parecía tanto. Estaba sentada de espaldas a él, algo ladeada, sola en la mesa. Había una taza y un plato sobre el que descansaban una cucharilla y un sobrecito de azúcar. Llevaba un vestido estampado que le llegaba hasta los tobillos y consultaba el teléfono móvil con la cabeza baja, dejando que su media melena castaña le cubriese parte de su rostro.

Los recuerdos llegaron alocados a su mente. Ella tenía dieciséis y él, diecinueve cuando se conocieron. Para ambos había sido su primer amor, el que más profunda huella deja, el que jamás se olvida. Su relación duró unos escasos seis meses, pero no la había olvidado jamás. No quedaba más remedio que asegurarse y no iba a dejar pasar la oportunidad. Se levantó decidido y se detuvo junto a aquella mujer que seguía mirando el móvil sin apreciar que alguien se había detenido junto a ella.

—¿Marta? —preguntó con cierta esperanza.

Dejó el teléfono sobre la mesa al tiempo que miraba a su interlocutor con extrañeza, intentando averiguar quién la demandaba. De repente sonrió.

—¡Juan! ¡Qué alegría! No te había reconocido —exclamó levantándose—. Dame un abrazo.

—Ya... Son tantos años —dijo, devolviéndole la sonrisa y abrazándola. Se dieron dos besos en la mejilla.

—¿Qué te trae por aquí? ¿De dónde sales?

—Tengo..., tengo la cerveza en esa mesa —señaló Juan.

—Pues tráetela y siéntate aquí, conmigo. ¡Vamos! —le apremió.

Marta guardó el teléfono en el bolso mientras él cogió su cerveza y se sentó junto a ella. Para Juan estaba radiante, hermosa, con una luz en la mirada que hizo que su corazón se acelerara nuevamente.

—Cuéntame. ¡Madre mía, cuánto tiempo!

—Pues verás —empezó él—, vine hace unos días porque ha fallecido mi padre y...

—Vaya, cuánto lo siento, te acompaño en el sentimiento —le dio el pésame mientras ponía su mano sobre la de él.

Ese breve contacto hizo que Juan se ruborizara.

—Bueno ya sabes, se van haciendo mayores y... —Bajó la mirada azorado.

—Los míos ya murieron. Pero hablemos de otras cosas —cambió repentinamente de tema—. Entonces, ¿te quedas unos días, vuelves a la ciudad?

—Bueno, tenía pensado quedarme un par de días para acabar de arreglar papeles y cosas, ya sabes.

—¿Y luego ya te vas? —preguntó ella con cierto desánimo.

—¿Y qué es de tu vida? —se interesó él, cambiando de tema de una forma consciente para no tener que responder a esa pregunta.

—Pues ya ves.

—Sí, ya veo. Sentada en una terraza tomando un... ¿café?

—Efectivamente. —Y los dos rieron mientras se miraban directamente a los ojos—. ¿Te casaste? ¿Tienes hijos? —quiso saber ella, intentando indagar en la vida personal de Juan.

—No y sí. Uno. ¿Y tú?

—Sí y sí. Dos. ¿Y ella? —insistió.

—Ella se fue. Un buen día se marchó —respondió Juan con un deje de melancolía en su voz.

—Yo sigo casada. El lunes vuelven de las vacaciones. Yo me he quedado por trabajo. La ciudad en verano se queda muy tranquila y ahora estoy disfrutando de mi último fin de semana de tranquilidad. Ya sabes lo que es la vida familiar. Vamos a disfrutar de esta paz. Podríamos ir a comer, ¿te apetece? —le propuso levantándose después de beberse de un trago el café.

—Me encantaría, si tú no estás muy ocupada —respondió mientras apuraba su cerveza.

—Si estuviese ocupada o no me apeteciese, ¿te lo habría propuesto? —Y volvieron a reír.

Juan insistió en pagar las consumiciones a pesar de la protesta de Marta y se dejó guiar hasta el restaurante que ella había elegido. La comida transcurrió entre anécdotas y recuerdos de los años en los que fueron novios. Rieron mucho, rieron de una forma franca, sincera, inocente. Después ella insistió en pagar la comida y decidieron pasar la tarde del sábado dando un paseo por el centro de la ciudad.

Caminaron por las calles viejas como quien recorre un álbum de fotos. Pasaron por delante de la antigua biblioteca, por el quiosco donde compraban caramelos, por la calle donde se dieron el primer beso. Se reían de lo poco que habían cambiado algunas cosas y de lo mucho que habían cambiado ellos. Marta se detenía constantemente en todos los escaparates de las tiendas de ropa y le mostraba a Juan las prendas expuestas, pidiéndole su opinión sobre precios o cómo le quedarían esos modelos si tuviese que vestirlos ella. Él, paciente, opinaba de una forma imprecisa y sin mucho conocimiento. Después de la cuarta tienda se cogieron de la mano, sin actitud forzada y al pasar frente a una sala de cine, él la invitó a ver la película.

—¿Te apetece entrar?

—¿Pero tú sabes de qué va la película? —se extrañó ella ante su deseo.

—Pues no —dijo con total naturalidad—pero me apetece ir al cine contigo. Nunca lo hicimos, bueno si tú quieres. Además, mira. —Señaló el cartel encima de la taquilla—. Empieza ahora.

—¿Por qué no? —resolvió y él pagó las entradas.

La película resultó ser de lo más aburrida, pero ellos se rieron de algunas escenas que comentaron. En más de una ocasión tuvieron que llamarles la atención desde algunas filas más adelante por parte de los pocos espectadores que asistían a la proyección. En un momento, sin decir nada, Marta le tomó de la mano. Fue un gesto lento, como si no hubiera otra opción. Juan la miró de reojo. Aunque sus dedos eran los mismos de antaño ahora eran más firmes. No dijo nada, no soltó su mano, sino que entrelazó los dedos con los de ella. Finalmente decidieron dejar la sala. Salieron aguantando la risa, rojos como tomates, hasta que una vez en la calle, explotaron en sonoras carcajadas.

Cuando parecía que ya se habían calmado, volvían a reírse a carcajadas, con los ojos llorosos. Hasta que, de repente, se quedaron completamente callados, mirándose a escasos centímetros el uno del otro. El tiempo se detuvo un instante, el mundo se detuvo y quedaron ajenos a todo cuanto les rodeaba.

—Me gustaría mucho besarte —dijo él, más decidido.

—Y a mí, que me besaras —sonrió ella con un brillo especial en su mirada.

Y se besaron. Primero dulcemente, con timidez. Después siguieron otros, cada vez más apasionados. Cogidos de la mano, juntaron sus frentes y volvieron a besarse. Después de mucho rato, siguieron paseando en silencio, mirándose de vez en cuando y sonriendo hasta que empezó a oscurecer.

—Bueno —dijo Marta al fin—, ¿tienes plan para esta noche?

—No sé si... bueno ya sabes. Tú..., tu último fin de semana libre...

—Ven a mi casa, cenaremos —ofreció ella decidida.

—No me gustaría que...

—Calla. Shhhh. —Le selló los labios con un beso —. No digas nada y acepta. Estoy sola hasta el domingo y… —hizo una pausa— me apetece.

Marta vivía en el mismo barrio que cuando se conocieron, en un cuarto piso de un edificio con fachada de ladrillo visto y balcones pequeños. Subieron por el ascensor sin hablar mucho. El aire entre ellos había cambiado. Había deseo, sí, pero también algo más antiguo y más complejo: una especie de ternura que flotaba en cada gesto

La puerta del piso se abrió con un clic suave. Marta encendió una lámpara de pie en el salón y dejó su bolso sobre una silla. La casa era sencilla con una decoración neutra, funcional. En las estanterías del mueble del salón había fotografías enmarcadas de los hijos, del marido, de la familia en la playa, de unas navidades. Juan las miró de reojo, sin detenerse. No preguntó.

—¿Qué te apetece para cenar? —preguntó ella ya descalza, caminando hacia la cocina—. No tengo mucho. Podría hacer una tortilla o una ensalada.

—Lo que sea, con poco me basta.

—Tú siéntate. Yo me encargo

Mientras ella revolvía en la nevera y partía los tomates, él se quedó en el salón, sentado en el sofá. Miraba alrededor. Los libros, el cuadro de un campo de lavanda, las cortinas. En la esquina había un equipo de música.

—¿Te importa si pongo música? —preguntó Juan.

—Adelante. En el segundo cajón hay discos —le indicó.

Juan rebuscó. Lo encontró Elton John. *Greatest Hits*. Canción tres. *Your song*. La puso.

Marta asomó con una sonrisa detenida en los labios.

—No puede ser…

—Claro que sí. —Sonrió él también—. Era nuestra canción, ¿no?

Ella no dijo nada. Dejó la ensalada a medio preparara y caminó hasta el salón.

—¿Bailamos?

Se abrazaron. Bailaron apenas moviéndose. Sus mejillas se rozaron, las manos se apretaron y cuando la canción terminó, ella lo besó.

La cena quedó olvidada. La música siguió. Marta lo llevó de la mano al dormitorio. No fue una pasión desbordada, sino una entrega profunda. Se buscaron con deseo y cuidado. Durmieron abrazados, con la piel tibia y las palabras agotadas. Dentro, en ese dormitorio, el pasado y el presente se abrazaban como dos amantes que por fin se habían encontrado

Juan se despertó con la luz filtrándose entre las rendijas de la persiana. A su lado, Marta aún dormía. La observó en silencio. Parecía ajena a todo. Pero cuando abrió los ojos, algo fue distinto. Parecía que se había instalado una distancia invisible, insalvable.

—¿Quieres un café? —preguntó ella sin el tono de la noche anterior.

—Claro —respondió él—. ¿Estás bien?

—Sí. Solo estoy cansada.

Se levantó, buscó una bata y se fue a la cocina. Juan se vistió. Cuando salió del dormitorio ella ya había servido los cafés y había colocado el tetrabrik de leche junto a las tazas.

—Lo siento, pero no tengo nada sólido para acompañar…

—¿Pasa algo? —la interrumpió.

—No debería haber pasado.

—No te arrepientas… —Intentó cogerle la mano.

—Pasó —dijo ella, apartándose—, pero no deja de ser un error.

Entonces el móvil de ella sonó en el salón. Ella corrió hacia el teléfono y contestó. Era Marcos, su marido. Habló con ternura. Juan bajó la mirada. Bebió el café y se acercó a la ventana. Esperó a que ella colgara.

—No quiero complicarte la vida —dijo él.

—No es eso. Esto ha sido un paréntesis, un recuerdo hermoso, pero no puede ser más, Juan.

—Yo pensé…

—Yo también lo pensé —interrumpió ella, haciendo ademán de abrazarlo, pero conteniéndose—. Pero no sería justo. Para nadie.

Él tomó la mochila, cogió el móvil y pidió un taxi. Después se acercó a ella y la besó. Largo. Marta le correspondió, pero no lo retuvo.

Cuando salió a la calle no miró hacia atrás. No porque no quisiera, sino porque necesitaba aprender a soltar. Desde la ventana, Marta lo observó. No lloraba, pero en su mirada había una duda suspendida que tardó tiempo en olvidar.

Días después Juan volvió al tren que le había traído a la ciudad con una maleta liviana y la memoria cargada. No llevaba casi nada consigo, apenas una foto que había encontrado en la casa de sus padres: él y Marta con diecinueve y dieciséis años, sentados en una fiesta de disfraces, mirándose el uno al otro como si el mundo hubiese desaparecido. La guardó en la cartera.

Al mirar por la ventanilla, la ciudad se alejaba. Pensó en ella. En su risa. En sus hijos. En su marido. En su vida completa. No era tristeza, era otra cosa, algo más suave. Un agradecimiento melancólico. Porque no todas las historias están hechas para volver a empezar. Algunas existen para recordarnos quiénes fuimos. Y aunque Juan siguió con su vida y hubo otras ciudades, otros abrazos, lo que nunca confesó, la verdad que solo él conocía, fue que nunca dejó de amarla.

3

MÁS QUE AMIGOS

La ciudad parecía distinta al caer la tarde. Era uno de esos viernes en los que el tráfico se detenía sin causa, la luz del sol se colaba a ráfagas entre edificios, y la gente caminaba con una urgencia perezosa, como si no supieran si ir más rápido o detenerse del todo. Santiago la esperaba en la entrada del teatro, con las manos en los bolsillos del abrigo y una sonrisa fácil. Siempre llegaba antes, aunque ella juraba que era puntual. La vio venir desde el final de la calle, con su paso rápido, bufanda gruesa y las mejillas enrojecidas por el frío de primavera. Tenía esa energía que parecía estar siempre a punto de desbordarse, como si algo dentro de ella no supiera quedarse quieto.

—Llegas tarde —dijo él, sin malicia.

—Mentira. Llegas tú demasiado pronto —contestó ella, empujándolo con el hombro mientras entraban al vestíbulo.

El teatro no era grande, pero tenía encanto. Cortinas granates, lámparas doradas, el olor mezcla de terciopelo viejo y madera barnizada. La obra que iban a ver era una comedia de enredos, de esas con puertas que se abren y se cierran, personajes que entran y salen disfrazados, y malentendidos llevados al extremo. Habían elegido esa obra casi al azar. Ninguno de los dos conocía a los actores, pero les gustaba hacer esas cosas juntos: descubrir pequeños espectáculos, ir a museos, probar bares nuevos.

Se conocían desde hacía siete años, desde la universidad. Se habían hecho amigos por una tontería: a ambos se les cayó el café en la misma mañana de exámenes finales, y acabaron compartiendo el de ella. Desde entonces, se volvieron inseparables, aunque nunca habían sido pareja. Demasiadas coincidencias, demasiados silencios cómodos, demasiadas madrugadas de confesiones y ninguna declaración. Cada uno había tenido sus relaciones. Ella, Lucía, la más larga, con Marcos, el tipo que ahora era solo una sombra detrás de una carta cobarde. Él estaba viendo a Clara desde hacía un par de meses. Agradable, serena, de esas personas que te hacen sentir que todo tiene un ritmo posible.

Durante la obra se rieron hasta dolerles el estómago. Hubo un momento en que uno de los actores se quedó atrapado entre dos puertas, literalmente, con el pantalón enganchado en una bisagra. El público estalló en carcajadas, y Lucía rio con una fuerza que casi hizo que se le saltaran las lágrimas. Santiago la miró de reojo. Había algo hermoso en verla así, libre por un momento, después de tantas semanas en las que había estado rota, recogiendo los pedazos de una vida que ya no existía.

Salieron del teatro todavía riéndose, comentando las escenas absurdas, imitándolas por la calle. Era de noche. La ciudad, ahora más tranquila, parecía respirar más despacio.

—¿Y ahora? ¿Te vas ya? —preguntó él.

—¿Tú qué crees? Necesito una cerveza. O dos. O siete.

Eligieron un bar que ella conocía, uno pequeño, escondido. Por fuera no decía mucho, apenas un cartel con letras de neón azul y una puerta negra. Pero por dentro era otra cosa. Las paredes estaban cubiertas de vinilos antiguos, luces tenues colgaban de cables largos, y en una esquina había un rincón con sillones desparejados y una lámpara de pie que parecía salida de un desván. De fondo sonaba jazz, era un tema de Chet Baker, «Alone together», suave, melancólico. Se sentaron en una mesa redonda junto a la ventana. Ella pidió una cerveza tostada, él una IPA amarga.

—¿Sabes qué me jode más de todo? —dijo Lucía, después del primer trago—. Que no fui yo la que se fue. Que me quedé esperando.

Él no dijo nada. Solo la miró.

—Y no es solo que me dejara. Es cómo. Una carta, en el buzón. Ni siquiera tuvo la decencia de romperme la cara con palabras. Cinco años juntos, ¿y no fue capaz de darme media hora de verdad?

—Marcos es un cobarde —sentenció él.

Ella asintió, pero no parecía convencida.

—¿Y sabes qué es lo peor? Que a veces me despierto por la noche esperando escuchar su llave en la puerta. Como si todavía pudiera volver.

Él sintió un nudo en la garganta. No por celos. Por compasión.

Ella lo miró, con una sonrisa torcida.

—¿Te das cuenta de que eres la única persona con la que puedo hablar así sin sentirme patética?

Santiago sonrió, apretando la botella entre las manos.

—Eso es porque tienes muy buen gusto con las amistades.

Brindaron.

El bar seguía llenándose de gente, pero ellos se mantenían en su burbuja. Había algo eléctrico en el aire, una tensión que no habían sentido antes. O que tal vez siempre estuvo ahí, dormida. Lucía apoyó una mano sobre su rodilla. Una excusa tonta. Un gesto mínimo. Pero él no se movió. Sintió el calor a través del vaquero. Y la miró. En serio. Por primera vez en mucho tiempo.

El primer beso llegó sin aviso. Fue lento, torpe, como todos los que importan. No dijeron nada. Solo se besaron. Y después, ella se inclinó hacia su oído.

—¿Vienes a casa?

Santiago no respondió de inmediato. La pregunta flotó entre ellos como una cuerda invisible. Lucía lo miraba, con esa mezcla de decisión e incertidumbre que solo aparece cuando algo importante está a punto de romperse o comenzar. En los ojos de él había algo más que deseo, tal vez ternura. Afuera, el bullicio del bar seguía, pero ellos ya estaban en otro lugar, uno que no salía en los mapas.

—Sí —dijo finalmente antes de que pudiera pensarlo demasiado.

Pidieron un taxi. El interior del bar había quedado atrás, pero seguía en ellos: el calor cercano, el murmullo de conversaciones ajenas, el aroma denso de cerveza y madera. Era un lugar extraño, con alma. Las paredes cubiertas de vinilos rayados, ilustraciones de intérpretes del jazz en sepia, y una lámpara roja que colgaba sobre su mesa como un sol detenido. Las mesas estaban tan juntas que las rodillas se rozaban sin permiso y las miradas se encendían al ritmo de la trompeta suave de Chet Baker. Aquel rincón había sido testigo de un desliz emocional, sí, pero también de una verdad callada durante años.

El taxi avanzó lento por calles dormidas. En el asiento trasero, Lucía apoyó la cabeza en su hombro, sin permiso, con naturalidad No era un gesto sensual, era algo más íntimo: buscar calor, refugio. No dijeron nada. Sus manos se buscaron, primero con timidez, luego con una urgencia medida. Santiago sentía el pulso acelerado de ella en la yema de los dedos. Él la besó. No fue un beso planeado. Fue una caída, un dejarse ir. Sus labios se buscaron como si hiciera años que lo necesitaran y solo ahora se hubieran dado cuenta. Lucía respondió con un gemido contenido, apretándose más contra su cuerpo, intentando así poder apagar el frío. No hablaron en todo el trayecto. Dentro del vehículo todo era juego de manos, respiración y esa electricidad que precede a la unión.

Al llegar, Lucía pagó al conductor antes de que él pudiera protestar. Subieron las escaleras rápido, sin reír, sin juegos. Había urgencia, pero no euforia. Había la ansiedad de tocar lo que estuvo demasiado tiempo prohibido, añadiendo una capa más a lo inevitable.

El apartamento de Lucía era un tercero sin ascensor, con una puerta azul y una mancha de humedad en la esquina del marco. Al entrar, la recibió el eco familiar de un hogar a medias. Había cajas apiladas en un rincón, algunas fotos sin descolgar, y ese vacío reconocible que dejan las rupturas. Todo lo demás era puro Lucía: libros desordenados, plantas que resistían milagrosamente el abandono, y una manta de colores sobre el sofá.

Ella lo empujó con suavidad, tiró su abrigo en el suelo y lo volvió a besar. Con más fuerza, con más decisión. Santiago la abrazaba con fuerza, como si así pudiera evitar que el mundo irrumpiera. Lucía tiró de su camiseta. Las prendas fueron cayendo entre risas ahogadas y respiraciones entrecortadas. Sus bocas se buscaban con hambre, con sed de años no vividos.

La llevó al dormitorio. Las luces estaban apagadas, pero la luna se colaba por las rendijas de la persiana. Ella se tumbó en la cama, desnuda, estirando una mano hacia él. Lo miraba con una mezcla de miedo y de necesidad. Santiago se tumbó junto a ella. Empezaron a acariciarse de nuevo, lento al principio, luego más rápido.

Sus cuerpos se estaban descubriendo. Lucía jadeaba su nombre. Lo besaba con fuerza, le mordía el labio y Santiago se dejó llevar. Se dejó vencer. Hasta que la vio. No a Lucía, sino a Clara.

Clara sonriendo al otro lado de la mesa, compartiendo postre, riéndose de su torpeza. Clara con su calma, su manera sencilla de creer en él. Clara, la que le estaba ofreciendo un futuro limpio. Clara que confiaba en él. Y entonces lo sintió, como una patada en el estómago. No era una duda, era una certeza absoluta. Si seguía lo perdería todo. Perdería a Clara, que aún no sabía cuánto la amaba. Perdería a Lucía, que ahora lo necesitaba como amante, pero la perdería como amiga. Si cruzaba esa línea no habría vuelta atrás.

Se apartó. Lucía lo miró, confundida.

—¿Qué pasa?

—No puedo.

Él tragó saliva. Sentía la sangre en las sienes, el pecho lleno de algo que no sabía si era deseo o culpa. La imagen de Clara apareció como una ráfaga limpia. Clara, con su forma tranquila de mirar el mundo, con su confianza aún nueva, aún frágil. Clara, que no merecía esto. Y Lucía, que lo miraba ahora con los ojos abiertos, vulnerables.

—No puedo —dijo, apenas un susurro.

Lucía se quedó quieta y por un segundo sus ojos reflejaron la tristeza de una despedida anticipada.

—¿Cómo que no puedes? ¿Por qué? —preguntó suave— ¿Por qué ahora que por fin estamos aquí?

—Lo siento. No debería haber venido. No así.

—¿No así? —repitió, la voz cargada de incredulidad y algo más—. Me besas, me acaricias, me sigues hasta casa… ¿y ahora me dices que «no así»? ¿Qué mierda significa eso, Santiago?

Él cerró los ojos un momento. No quería herirla, pero ya la había herido.

—Tengo a Clara. Es algo nuevo, pero real. La quiero. Y si hago esto… la pierdo. Y a ti también.

Lucía lo miró largo, como si buscara una mentira en su rostro. Pero no la encontró. Con la profunda convicción de quien sabe que la vida no siempre da lo que uno anhela.

—¿Y a mí no me pierdes ahora? ¿Crees que esto se borra?

—No. Pero si sigo… la pierdo a ella **y** a ti.

—A mí ya me has perdido —soltó con rabia y con los ojos brillantes.

El silencio que siguió fue áspero. Lucía se cruzó de brazos, desnuda de emociones y de abrigo. El pecho subía y bajaba con un ritmo lento, sostenido por la rabia y algo parecido a la tristeza.

—Vete —dijo.

Santiago asintió. No intentó tocarla de nuevo. Recogió sus cosas del suelo Se vistió en silencio y salió sin cerrar la puerta con fuerza. Bajó las escaleras como quien desciende de un sueño equivocado.

Lucía se quedó allí, sintiendo cómo el eco de ese amor no vivido resonaba en cada rincón, en cada recuerdo, en cada palabra que nunca dijeron. No lloró al principio. Se sentó sobre la cama, de espaldas a la pared, y se abrazó las piernas. El silencio del apartamento pesaba como nunca. Después lloró, sí. Sin gritos. Sin drama. Lloró con una dignidad rota, con la tristeza antigua de quien ya ha sido abandonada una vez y ahora comprendiendo que a veces amar es dejar ir.

Santiago caminó bajo la madrugada. El aire le cortaba la cara. Sabía que había hecho lo correcto, pero lo correcto no siempre consuela. El cuerpo le pedía calor y el alma la tenía helada. Miró el móvil y vio el mensaje de Clara: «Dormiste bien? Tengo café y tostadas, si quieres venir…».

Sonrió. Dolía, pero sonrió. Porque Clara estaba ahí. Respiró hondo y respondió con una sonrisa sincera: «Allá voy». Y así, mientras el sol empezaba a romper el horizonte, Santiago se preparaba para conservar lo que aún podía salvar. Conservó a Clara.

Lucía, sin embargo, nunca volvió a responder sus mensajes. Ni los cortos. Ni los largos. Perdió a Lucía para siempre.

4

EL AMOR QUE NO ENTENDÍ

Cuando salí de casa esa tarde, la lluvia caía con fuerza. En la acera ya empezaba a acumularse el agua formando charcos. Abrí el paraguas y bajo aquel torrente me dirigí hacia un bar, en el otro extremo de la ciudad, en el que no había estado nunca. Tenía una cita.

Cuando llegué estaba completamente empapado. El paraguas no me había servido de mucho, pero a pesar de mis temores, el local estaba abierto. Sacudí todo lo que pude el paraguas antes de cerrarlo y entré. El lugar estaba bastante oscuro, con unas lámparas que emitían una luz tan tenue que poco servían para ver. Me senté en una mesa y, casi al instante, un camarero, un hombre de pelo cano, apareció como surgido de la nada y me preguntó qué deseaba. Pedí una cerveza que tardó bastante en servirme. Mientras esperaba, una sensación extraña se apoderó de mí. Por los sonidos de mi alrededor intuí que el bar estaba lleno de parejas que se amparaban en la penumbra para dar rienda suelta a sus deseos más carnales. Poco a poco empecé a temer que mi cita se hubiera olvidado de mí.

De repente la puerta se abrió y vi la figura de una mujer sacudiéndose la lluvia del cabello. No había duda. Era mi cita la que entraba. Con una mirada decidida y un porte seguro avanzó hacia mí, después de echar una ojeada al interior penumbroso de aquel lugar. La vi tan segura que me hizo sentir un poco fuera de lugar. Me levanté para saludarla.

—¿Estás esperando a alguien? —preguntó como si acabara de conocerme.

No pude evitar sonrojarme y balbuceé una respuesta que, sabía de antemano, era inútil, pues ya nos conocíamos. Clara era una mujer hermosa, con una elegancia que le daba un aspecto que no correspondía con su edad, con unos ojos verdes intensos, casi desafiantes y una expresión que, desde que la conocí, no lograba descifrar.

A Clara la había conocido dos días antes en una fiesta universitaria. Yo había acompañado a un amigo que estudiaba Derecho, obligado un poco porque no quería asistir solo. No me atraía en absoluto la idea de socializar con los asistentes a la fiesta, pues seguro que todos serían estudiantes de la misma carrera, pero según Juan Carlos, mi amigo, serviría para escapar un poco de la rutina. Al llegar había un montón de personas a las que no conocía, todos reían y conversaban animadamente mientras la música retumbaba. Juan Carlos se apresuró a introducirse materialmente en la maraña de personas, pues era evidente que conocía a la mayoría, dejándome solo a los poco segundos de entrar. Estaba a punto de irme cuando la vi.

Ella estaba en un rincón de la fiesta, rodeada de varios grupos de personas, pero sus ojos parecían estar buscando a alguien. Cuando nuestras miradas se cruzaron por primera vez algo cambió. Fue como si el resto del mundo se desvaneciera, como si nos conociésemos desde siempre, aunque era evidente que no era así. Tenía una presencia atrayente. En aquel instante tuve la sensación de que ella era la pieza del puzle que encajaba perfectamente en mi vida, como si fuese la pieza perdida que después de años finalmente encuentras y puedes completar aquel puzle que llevaba tanto tiempo incompleto. Era una sensación abrumadora que me tenía completamente confuso.

Con una sonrisa irónica se me acercó y me preguntó mi nombre, acercándose mucho a mi oído.

—Diego —le contesté también a voz en grito para hacerme oír bajo aquella música atronadora.

Ella se presentó. Clara. Dos besos y me cogió de la mano para llevarme a su rincón, donde la música era algo menos estridente y te permitía hablar. Enseguida empezó a hablarme sobre cine. Me sorprendió su pasión por algunas películas que claramente se alejaban de lo comercial. Hablaba de films que pocos habían visto y de libros que pocos habían leído. Yo seguía abrumado por su belleza física e intelectual.

Se sorprendió cuando le dije que yo no estudiaba Derecho y que estaba allí porque había acompañado a un amigo que enseguida me había abandonado a mi suerte y que no sabía si seguiría ya en la fiesta. Sonrió y aquella sonrisa me cautivó profundamente. Tanto me cautivó que nos quedamos hablando durante horas y cuando la fiesta daba sus últimos coletazos, ella me dio su número de teléfono. En ese instante me sentí la persona más afortunada del mundo. Quedamos para dos días después. Me citó en un bar del que no había oído ni hablar. Dijo que era un local muy acogedor en un callejón estrecho y tranquilo de la ciudad.

Cuando llegué, la lluvia seguía cayendo de forma torrencial, lo que hacía que las calles estuviesen desiertas. Me sentía ansioso y, a la vez, nervioso. El ambiente de aquel local era diferente al de la fiesta, mucho más íntimo y como ella tardó en llegar mi nerviosismo no hizo más que crecer. Tengo que confesar que estuve parado en la puerta del bar dudando si entrar o no. Pero aquella sonrisa de dos días atrás seguía cautivándome y por ello me decidí y entré.

—¿Estás esperado a alguien? —preguntó de repente a modo de presentación mientras yo balbuceaba cualquier cosa sin sentido —. Hay algo que quiero mostrarte —añadió sin darme tiempo a más.

Dejó un billete encima de la mesa para pagar mi cerveza, me cogió de la mano con una confianza tan natural que me sentí obligado a seguirla sin rechistar. Cuando salimos del bar abrí mi paraguas, pero ella ignoró la protección. Tiró de mí y la vi imperturbable bajo aquel torrente, como si nada pudiese alterarla. Me conducía por calles estrechas hasta llegar a una galería de arte moderno que yo no hubiese descubierto jamás, aunque hubiese pasado cientos de veces por delante.

Había algo en el aire, algo de lo que no podía escapar, que me tenía intrigado. La entrada a la galería estaba custodiada por dos grandes puertas de cristal y al cruzarlas el ambiente era completamente distinto al del bar. Un aroma a pintura y madera, mucha gente hablando y una música de fondo suave. Las paredes estaban llenas de cuadros abstractos, formas y colores que no comprendía del todo. Sin embargo, yo me sentía cómodo, como si estuviese en el lugar adecuado y sobre todo junto a ella porque parecía brillar con una intensidad que no podía ignorar.

Clara me llevó por entre la gente, presentándome a sus amigos y amigas, una mezcla ecléctica de jóvenes artistas, bohemios y otras personas que compartían ese mundo. Todos parecían conocerla, admirarla. Había una cierta reverencia en el aire, como si ella fuera una especie de musa, una figura central que todos esperaban que dijese algo. Yo me sentía un observador, un simple espectador de su vida, pero no me importaba. Estar cerca de Clara me parecía suficiente, porque mi admiración y mi fascinación hacia ella no paraban de aumentar.

Pasaron los minutos y las conversaciones fueron hacia otras personas. Ella me miraba con una sonrisa sutil, pero sus ojos buscaban algo, tal vez a alguien. Sin previo aviso se acercó una chica rubia que parecía conocer muy bien a Clara y se dieron un beso en los labios. No era una escena fuera de lugar, pero era un beso inconfundible, lleno de complicidad. Yo me sentí confundido. No sabía cómo reaccionar, si debía marcharme o debía quedarme, pero Clara enseguida se percató de mi incomodidad. Como si tuviera un sexto sentido me sonrió y cogiéndome nuevamente de la mano, me guio de la forma más natural hacia el fondo de la galería.

—Vamos a ver la habitación.

—¿La habitación? —pregunté sin acabar de comprender.

Sin mediar más palabra entramos en una habitación privada de la galería, donde la música era un murmullo lejano y la luz eran tenue, creando una atmósfera íntima. Clara y yo nos quedamos mirando como si compartiéramos un secreto, algo no dicho. Detrás de nosotros estaba la chica rubia con la que se había besado con una copa de vino en la mano. Cerró la puerta.

—¿Te gustaría quedarte? —me preguntó aquella chica.

Esa pregunta no era casual. Era una pregunta muy directa. Yo, sorprendido y confuso, simplemente asentí. No sabía qué hacer, no sabía qué se esperaba de mí. Era como si ellas dos estuvieran jugando a un juego del cual no conocía las reglas, pero tampoco me atrevía a salir de la partida.

La situación se volvió desconcertante. Ellas se acercaron y comenzaron a acariciarse, a susurrarse cosas al oído. Yo observaba, incapaz de hacer otra cosa, hasta que me tomaron de las manos y me invitaron a participar. Sin saber cómo me dejé llevar, pero mientras ellas se acariciaban y se besaban, algo dentro de mí me decía que yo no pertenecía a aquel momento, que estaba fuera de mi lugar. Me sentía ajeno a lo que sucedía, pero me resultaba difícil apartarme, como si una fuerza invisible me tuviera atrapado.

Las caricias, los jadeos, los besos se intensificaron y, de repente, me di cuenta de que para ellas no significaba lo mismo que para mí. Ellas se deseaban, se complementaban y mi presencia estaba de más, de invitado, de espectador. Me sentí apartado, sobre todo cuando en sus miradas vi que no sabían qué hacer con mi presencia, como si todo aquello hubiese sido un experimento planificado y deseado y yo hubiese sido el escogido para esa prueba, pero el resultado no era el esperado. Me levanté sin decir palabra y salí de la habitación, sabiendo que todo aquello que había imaginado con Clara iba a desvanecerse. Salí a la calle. Ya no llovía y regresé a mi casa.

Al día siguiente me llamó por teléfono.

—¿Nos vemos? —Su voz ya no tenía esa chispa, o al menos a mí me lo pareció

Nos encontramos en un bar que esta vez yo sí conocía. Estaba como avergonzado, como si hubiese visto algo que no me estuviera permitido.

—No acabo de entender bien qué es lo que ha sucedido —le confesé allí, sentados con dos cafés sobre la mesa.

Ella me miró y, aunque no dijo nada, pude ver que no compartía la misma idea que yo. Su rostro se endureció un instante y su tono dejó de ser amable.

—¿Quieres que te pida perdón? Te ofrecí algo. Al principio lo tomaste. Luego te fuiste. Eso fue todo. ¿Por qué te fuiste? Eso debes respondértelo tú mismo.

De alguna manera esas palabras me hicieron darme cuenta de que la idea de lo que significaba estar junto a Clara, de lo que pretendía que fuese compartir nuestra intimidad, no coincidía. Parecía, o esa era mi apreciación, que Clara no quería más que diversión y yo, en mi ingenuidad, había pensado que podía ser algo diferente, más profundo. A medida que pasaban los minutos ella se fue relajando, pero yo me sentía cada vez más lejano a esa mujer. Su mirada ya no brillaba para mí. Ella le sonrió a una mujer que estaba en la mesa de al lado con una familiaridad pasmosa y me di cuenta de que lo que Clara buscaba en realidad no era amor, sino compañía fugaz sin más expectativas.

—Voy a responderte y a responderme —dije—. Prefiero que no vuelvas a ponerte en contacto conmigo. Pensé que lo nuestro sería otra cosa.

Me sentí liberado. Ella me miró y vi en sus ojos que no comprendía mi respuesta, pero asintió, respetando mi decisión.

Me fui sin mirar atrás, sintiendo un vacío enorme en mi estómago. Caminé durante horas sin rumbo, con la sensación de que lo poco que había vivido con ella había sido un espejismo, aunque un dolor extraño se apoderó de mi corazón.

Esa fue nuestra última conversación, nuestro último encuentro. Jamás se puso en contacto conmigo. Jamás volví a verla. Jamás he dejado de pensar en ella, en cómo pudo haber sido, en lo que no llegamos a ser. Porque nunca entendí esa forma de amar.

5

LA HABITACIÓN 113

La segunda vez que James vio a Natalia no fue en una fiesta, ni en una embajada. Fue en el reflejo de una vitrina. Calle Arbat, Moscú. Ella pasaba justo detrás de él, su sombra apenas perceptible en el cristal mientras él fingía revisar un mapa turístico. Instinto. Un espía reconoce a otro sin palabras. Como los lobos.

Natalia llevaba una carpeta de cuero, gafas redondas y una bufanda roja que no combinaba con su abrigo gris. Excesiva para una funcionaria común. Era una trampa, claro. Una forma de decir «mírame sin que parezca que quiero que me mires».

La siguió durante cinco manzanas. Ella lo sabía. Giró a un callejón, lo esperó. Cuando él dobló la esquina, ya lo tenía encañonado con una Makárov oculta en la manga del abrigo.

—¿Eres tan tonto como pareces o solo estás aburrido, turista? —dijo en un inglés con acento apenas perceptible.

James levantó las manos.

—Solo quería saber si ibas a sonreírme otra vez.

Natalia parpadeó. Bajó el arma. La sonrisa llegó. Pero era de esas que esconden un cuchillo detrás del labio.

—Idiota. —Le dio la carpeta—. Dentro hay una lista. El tipo del consorcio se llama Andreyev. Va a entregarte algo. Pero si haces una sola estupidez, me veré obligada a matarte. En serio.

—Entendido. Y sobre la sonrisa... gracias. Me alegra saber que existe.

Así empezó.

La operación, llamada *Velvet Chain*, era un encargo conjunto entre MI6 y un grupo dentro del Servicio de Inteligencia Militar ruso (GRU) que jugaba a dos bandas. James debía hacerse pasar por un inversor canadiense interesado en energías limpias. Su tapadera estaba bien construida: documentos, perfiles sociales, hasta un blog de tecnología que actualizaban por él desde Londres.

Natalia trabajaba como analista para el Ministerio de Energía. Oficialmente. En realidad, era enlace del Servicio de Inteligencia Exterior (SVR), encargada de vigilar a los infiltrados que los británicos plantaban con regularidad en Moscú. Pero hacía tiempo que había dejado de creer en lo que hacía.

La información del archivo *Borealis* debía cambiarlo todo: relaciones energéticas, tratados secretos, acuerdos entre China y Rusia para establecer una hegemonía continental. Inglaterra quería desbaratarlo. Rusia quería protegerlo. Y en medio, James y Natalia, jugando al doble filo.

Cada encuentro entre ellos era un baile sobre una cuerda. Hoteles discretos, mensajes ocultos en libros de Pushkin dejados en bancos del parque Gorki, micrófonos desactivados a última hora para poder decirse cosas sin que otros las oyeran.

—¿No tienes miedo de que descubran lo nuestro? —le preguntó James una noche, mientras ella se vestía junto a la ventana.

—Claro que tengo miedo —respondió ella sin mirarlo—. Pero el miedo, como el amor, a veces no sirve para detenernos.

Él la amaba. Pero también la usaba. Y lo sabía. Natalia, por su parte, vivía como si cada hora fuera la última. En su interior, algo estaba roto desde hacía años. James fue el único que pareció darse cuenta.

Los documentos se movían por manos invisibles. Andreyev, el ingeniero clave, accedió a entregarlos a cambio de una salida para él y su familia. Natalia organizó todo. Pero al hacerlo, firmó su sentencia. Alguien dentro del Servicio Federal de Seguridad (FSB) interceptó uno de los mensajes cifrados. No pudieron rastrear a James. Pero a Natalia sí.

A partir de ese momento, el reloj empezó a correr.

—No tenemos tiempo —le dijo ella la noche anterior a su desaparición—. Mañana te daré una dirección. El archivo estará encriptado en un pendrive USB, pero necesitarás mi código de apertura. No te lo daré hasta que estemos fuera.

—¿No confías en mí?

—No confío ni en mí misma.

Esa noche no durmieron.

Afuera, Moscú parecía detenida en una eternidad de lluvia. Dentro, James sintió algo parecido a la esperanza. Casi creyó que lograrían escapar.

No sabían que ya estaban marcados.

La dirección que Natalia le entregó estaba escrita con tinta invisible, en una postal de un cuadro de Chagall. Solo al pasar la hoja por encima de la vela, el mensaje apareció como un secreto revelado: «*Calle Petrovka 29, habitación 113. 18:00. Jueves.*»

James revisó todo una y otra vez. Su bolso de piel contenía lo esencial: la pistola, el USB con el material, una muda y un pasaporte falso a nombre de Edward Clark. Sabía que los controles fronterizos estaban comprometidos. Su única salida sería aérea, con la ayuda de un contacto en el aeropuerto de Vnukovo que Natalia aseguraba controlar. Lo importante era llegar al punto de encuentro. Desde allí, ella manejaría todo.

La última noche juntos, Natalia apareció en su apartamento justo antes de la medianoche. No llevaba abrigo. Estaba empapada. Los ojos, nerviosos.

—¿Qué pasa? —preguntó James.

—Alguien ha hablado. No sé quién. Pero me siguen.

—¿Te han visto venir?

—No lo sé.

Se besaron con desesperación, como si el mundo fuese a cerrarse sobre ellos al amanecer. En realidad, ya lo estaba haciendo.

—¿Y si no llegas a tiempo? —preguntó él, mientras ella se vestía al amanecer.

—Entonces corre, James. No esperes a nadie. Usa la llave, entrega los datos. Haz lo correcto.

—¿Y tú?

Ella le sostuvo la mirada.

—Yo me encargaré de lo que venga.

Esa fue la última vez que se vieron con el alma intacta.

Eran las 17:55 cuando James entró en el edificio de ladrillo rojo de Petrovka 29. Olía a madera húmeda y a historia soviética. Subió por las escaleras sin ascensor. Cada paso retumbaba como un tambor fúnebre.

La habitación 113 era la última del pasillo. Tocó la puerta. Nadie respondió. Esperó. Tocó de nuevo. Unos segundos después, entró.

James Lockhart se sentó en el borde de la cama con la mirada perdida. La lámpara de noche temblaba con la vibración de la vieja calefacción central. A sus pies, una alfombra persa ajada; sobre la mesa, un periódico doblado y encima su pistola. Era una Walther PPK, la misma que había usado en Praga, en Belgrado y en Ankara. Natalia debía de haber llegado hacía más de veinte minutos. Siempre era puntual. Siempre aparecía.

James mira el reloj. Las manecillas parecían inmóviles. La humedad penetraba por la rendija de la ventana. Afuera, las farolas difuminaban la luz como si Moscú no fuera más que un sueño mal iluminado.

La había conocido en una galería de arte. Cubismo ruso. Un evento para diplomáticos y analistas de inteligencia. Ella llevaba un vestido rojo, labios carmesí, mirada de hielo. Su nombre era Natalia Orlova, oficial de enlace cultural y, según sus informes, también una agente del SVR. Él sabía lo que eso significaba. Lo supo desde que la vio. Pero también supo, en el mismo instante, que estaba perdido.

—¿Disfrutando de Kandinsky o fingiendo? —le dijo ella aquella noche, copa de vino en mano.

—Ambas —respondió James, intentando parecer menos impresionado.

—Eres británico. Siempre tan irónicos. ¿Y qué haces en Moscú?

—Negocios. Todos estamos en algún negocio, ¿no?

Ella sonrió, una sonrisa que podía significar muchas cosas. Desde esa noche, el juego había comenzado. La segunda vez que se vieron fue para darle una carpeta y a partir de ese momento citas en cafés escondidos, paseos nocturnos, habitaciones alquiladas por horas donde las cortinas olían a polvo y deseo. Y luego, la confesión: "Me han asignado observarte", le dijo ella un día mientras se vestía.

—Entonces has fracasado —respondió él, abrochándose la camisa—. Porque yo me he enamorado de ti.

Natalia no respondió. Solo lo besó y cerró la puerta tras de sí. Desde entonces, el riesgo se convirtió en adicción. Y esa noche, la huida. Su última misión le había dado acceso a documentos de alto valor estratégico. Los había fotografiado. Copias cifradas listas para entregar en Londres. Natalia había prometido sacarlo del país. Una ruta secreta, pasaportes, un billete en tren hacia la frontera con Letonia.

Pero no estaba. Y cada segundo aumentaba la sospecha.

Miró por la ventana por enésima vez. Era ya de noche y seguía lloviendo de forma torrencial desde la mañana. Podía ver la cortina de agua a través de la luz de la farola que había frente al edificio. Los charcos de agua reflejaban las luces de los coches y las del alumbrado público. Sintió frío. Se alejó del cristal y dejó que la polvorienta cortina recuperara su posición vertical. Se sentó de nuevo en el viejo sofá, junto a la cama, de aquella triste habitación de hotel, de un ruinoso edificio del centro de Moscú. Miró la hora en su reloj. Natalia llegaba tarde. Pensó que la lluvia la habría retrasado. Esperó con los ojos cerrados, paciente mientras oía el incesante caer de la lluvia. Unos golpes sonaron en la puerta, leves, casi inaudibles. Se levantó y se acercó con sigilo. Con su mano izquierda palpó la culata de la Walther PPK que descansaba entre el pantalón y la camisa, en la parte trasera de la cintura. No había mirilla. Pegó la oreja para intentar oír algo. Los golpes se repitieron, sin prisa, con calma y aplomo. Cogió el pomo con la mano izquierda, sujetó la pistola con la derecha, manteniéndola oculta a su espalda y abrió, quedando medio parapetado por la puerta. Fuera, en el pasillo, frente a la habitación, había una mujer elegante con zapatos oscuros de tacón muy fino, traje chaqueta negro y pelo recogido en una coleta de un color rojizo que le miró de arriba abajo con sus ojos verdes. Llevaba un bolso pequeño en la mano derecha y los labios de un rojo intenso, haciendo juego con su pelo.

—¿Puedo pasar? —preguntó con voz baja, sensual.

—¿Dónde está Natalia? —repuso sorprendido sin franquear aún el paso a aquella mujer.

—No tenemos mucho tiempo —anunció con algo de fastidio—. Habitación 113. He venido yo porque nadie de la organización podía. ¿Quieres salir de Moscú? ¿Sí o no?

—Vamos —se decidió al fin volviendo a colocar la pistola en la parte de atrás de su cintura y girándose hacia el interior para recoger sus pertenencias.

Ella sacó parsimoniosa la Tokárev TT-33 de debajo de su axila derecha y apuntó a la cabeza de él. El disparo sonó como un golpe seco y sordo, gracias al silenciador. El hombre cayó de bruces sobre la cama mientras la sangre teñía la colcha de un color granate oscuro, lentamente. Ella guardó su pistola de nuevo en la funda de su axila y cerró la puerta con sigilo. Se alejó de la habitación 113 con paso decidido hacia el aguacero que seguía cayendo en la calle desde aquella mañana. Antes de doblar la esquina del pasillo de la planta 11 del hotel, camino del ascensor, un hombre fuerte, alto, trajeado, disparó a la cabeza de la mujer y corrió a coger el cuerpo antes de que cayera al suelo. La llevó en volandas hasta la habitación donde hacía unos instantes ella había disparado a James. Dejó el cuerpo sobre la cama, junto al otro cadáver, volvió a por el bolso y lo lanzó sobre la difunta. Cerró la puerta por dentro y descorrió la cortina para mirar por la ventana. Encendió un cigarrillo, lo que sirvió de señal para que un automóvil aparcado frente al hotel pusiera los intermitentes de posición durante cinco breves segundos. El fortachón lanzó el cigarrillo encendido sobre los cadáveres y abandonó la habitación 113.

—Magnífico trabajo, Vladimir. Una pena por ella. —Alguien habló desde la parte trasera del interior del coche de cristales tintados con una ventanilla medio bajada.

El fortachón asintió de pie, junto al coche y bajo aquella lluvia torrencial. Un disparo sonó con toda su fuerza y el fogonazo fue visible en medio de la noche mientras Vladimir caía, herido de muerte, al suelo. La ventanilla empezó a subir mientras el coche abandonaba la escena, sin prisa, dejando al fortachón tirado en medio de un charco de agua y sangre. Una mujer, en la calle, gritó de forma desgarradora.

Semanas después, en una oficina anodina de MI6, un informe fue archivado bajo el título: «*Operación Borealis: fallida por causas operativas. Activo Edward Clark desaparecido.*»

Nadie preguntó más.

Solo una mujer en Moscú, de abrigo rojo y rostro desencajado, guardaba en una caja de madera un mechón de cabello rubio, una nota arrugada, y un anillo de acero que James llevaba colgado al cuello desde su infancia.

En el reverso de una foto donde ambos se besaban junto al río Moscova, había escrito a mano:

«Nunca debí amarte. Pero nunca dejé de hacerlo.»

6
ENREDOS DE FAMILIA

¿No sé por qué me odian? No lo entiendo. He sido un buen compañero para todos ellos, hemos sido una familia durante todos estos años en los que hemos ido de aquí para allá, de feria en feria, visitando países, ciudades, pueblos. Llevando la alegría en nuestras actuaciones. La gente nos ha esperado con ansia, nos ha regalado su cariño, sus risas, su aprecio. Y yo he sido feliz haciendo reír a los niños y a los mayores. Y de repente la magia se ha roto, la familia se ha roto. Alina, la trapecista, toda sencillez, toda bondad, toda hermosura, ha aparecido muerta en la pista central del circo, bajo la carpa donde tantas volteretas en el aire ha realizado, donde tanto nos ha maravillado. Y claro, ha aparecido la policía porque Don Antonio, el dueño y jefe de pista la ha llamado. Uno a uno nos han llevado a declarar al interior de la caravana de la pobre Alina.

Yo he sido el primero en declarar. *El payaso*, ha dicho el oficial. *Lucas*, ha repetido Don Antonio y yo he entrado en la caravana. Y cuando el señor comisario me ha preguntado qué sabía, yo he querido colaborar, he querido ayudar para que se pueda resolver el caso y he empezado a contar la verdad. El oficial ha sacado una libreta y un bolígrafo y ha empezado a anotar.

¿No sé de qué pueden extrañarse los demás? No entiendo su actitud. ¿Acaso no sabían lo mismo que yo sé? ¿Tal vez querían que ocultase alguna cosa a la policía? ¡Por Dios! Siempre hay que ayudar y sobre todo si se trata de la policía y, si, además, están investigando un asesinato y encima de nuestra amiga y compañera Alina, no me he podido negar. He empezado diciéndole que Matías, el mago, no puede haber sido porque está profundamente enamorado de ella, aunque ésta no le corresponda, pero que bien mirado podría haber un tema de celos, porque de todos es bien sabido que Alina, de quien estaba enamorada es de Erik, el domador de leones. Aunque Erik siempre ha tratado a Alina con arrogancia y con desprecio. Muchas veces he visto a la muchacha llorar desconsoladamente, oculta entre las caravanas, porque Erik la había despreciado. Con lo que igual Matías ha presenciado un desplante entre el domador y la trapecista y cuando ha ido a consolarla, ésta lo ha ninguneado y el mago, rabioso, la ha asesinado. Yo he aclarado al señor comisario que he dormido toda la noche en el interior de mi caravana y no he visto nada, y que lo que le he contado es una suposición, pero me veo en la obligación de contar lo que sé y lo que yo sé lo saben todos. Aunque también le he dicho que puede que el domador de leones estuviese harto de las pretensiones amorosas de Alina y en un ataque de rabia la haya asesinado.

Sé también que Vania, la equilibrista, está enamorada de Matías, pero como ya le he dicho que éste amaba a Alina, pues igual la equilibrista ha querido conseguir para sí al mago y se ha cargado la trapecista. *Es que hay que entender todas las partes del conflicto*, le he dicho al comisario, *aquí hay más tela de la que parece. Si lo mira con atención, Alina es el centro de todo. ¿Cómo que el centro?*, ha preguntado sorprendido.

He seguido contándole que Giuseppe, el lanzador de cuchillos, fue pretendiente de Alina durante muchos años, pero ella nunca le había hecho caso. Giuseppe y Matías son muy amigos y en cuanto el mago se enteró de que la trapecista ignoraba las pretensiones amorosas de su amigo el lanzador, éste empezó a obsesionarse, si de alguna manera se puede decir, con ella. Lo que yo no puedo asegurar es si el lanzador de cuchillos estaba despechado con Alina porque además de ignorarle a él también ignoraba a su amigo Matías. Ya sabemos la habilidad que tiene Giuseppe con las armas y con ello no quiero ni pretendo afirmar nada. Además, como ella estaba profundamente enamorada de Erik, el domador de leones, y por ello era infeliz, igual se le ocurrió acabar con la tristeza de ella y de paso ayudar a su amigo.

Y qué decir de Lucía, la acróbata, con una verdadera y enfermiza obsesión por el mago, igual hasta ha asesinado a Alina para poder quedarse con Matías. Incluso he llegado a pensar que igual intentó convencerla, sin éxito, de que la trapecista le dijese de forma definitiva al mago que debía olvidarse del asunto, pero claro como Alina sabía del profundo amor de Matías por ella, le dio pena dañar el corazón del prestidigitador. En fin, un auténtico vodevil; pero alguien, insisto, tiene que contarle toda la verdad a la policía y como el comisario, al primero al que ha llamado a declarar ha sido a mí, pues yo se lo he contado todo para que aclare conceptos, resuelva dudas, establezca relaciones, comprenda motivaciones y, con mi ayuda, pueda resolver el embrollo y encuentre al asesino de la ingenua Alina.

Pero en cuanto le contado lo de Hilda, la malabarista, el señor comisario ha abierto los ojos como platos y con su mirada he comprendido que quería saber absolutamente todo sobre el asunto. Sí, sí, Hilda y Alina tuvieron una aventura. Yo las vi. Una noche en la que no podía dormir, de camino a Praga, después de dejar París, donde íbamos a estar tres semanas, deambulando entre las caravanas las vi besándose apasionadamente bajo la luz de una luna llena. Hilda manoseaba los pechos de la trapecista y Alina la correspondía cogiéndole las nalgas mientras sus lenguas se juntaban. Ante la sorpresa del comisario he decidido no seguir ahondando en detalles, pero yo me quedé boquiabierto, más por Alina que por Hilda, porque de la malabarista ya sospechaba su gusto por las mujeres, pero Alina, tan enamorada de Erik... Pero ya se sabe cómo son estas cosas. La pasión del momento, la luna llena, tal vez la insistencia de Hilda. ¿Quién sabe? La cuestión es que se metieron en la caravana de Hilda y allí pasaron toda la noche. Pero lo interesante es que yo no fui el único testigo del acontecimiento. Oculto tras el carromato de los leones, agachado, silencioso, estaba Don Antonio, el dueño del circo.

La verdad es que en los días posteriores tanto a Hilda como a Alina se les veía apesadumbradas, con aire tristón, apagadas. En mi afán de ayudar a mis compañeros, una tarde hablé con Hilda y ella me confesó dos cosas. La primera es que lamentaba el haber presionado a Alina para poder acostarse con ella y aunque tenía el recuerdo de una noche maravillosa con la trapecista, sabía que había sido un error, pues Alina le dejó bien claro que no quería repetir, pues ella amaba al domador. Hilda había intentado convencerla de que Erik no la trataba como se merecía y que solamente había desprecio en su trato, pero Alina enmudeció y cabizbaja abandonó la caravana de Hilda, por lo que la malabarista tenía un cierto remordimiento por lo sucedido; sin embargo, lo segundo que me confesó fue realmente sorprendente. Don Antonio las estaba amenazando a las dos, el muy mezquino, con hacerlo público. Se quedaba con parte de su sueldo, el muy avaro, a cambio de su silencio.

Vaya usted a saber, le he dicho al comisario, *si Don Antonio no ha asesinado a Alina porque ésta le dijo al dueño del circo que ella iba a contarnos a todos nosotros lo que le estaba haciendo o porque la trapecista le dijo a Hilda que iba a dejar que Don Antonio hiciese público lo ocurrido entre ambas para así dejar de ser chantajeadas y Hilda, que no quería que nada de lo acontecido se supiese, también actuó en consecuencia.*

Incluso Irene, la domadora de caballos, en una ocasión en la que estaba esperando para salir a pista, mientras Alina estaba finalizando su número en el trapecio, al oír los enfebrecidos aplausos que el público le dedicaba, dijo en voz baja, de manera apenas audible: "cómo odio a esta ramera, todos están enamoradas de ella y encima, la idiota ama a quien no le corresponde y la desprecia. Si yo estuviese en su lugar… maldita imbécil de mierda". Yo estaba detrás de una cortina porque actuaba después de Irene y me quedé de piedra al oír esas palabras. Con ello no he querido afirmar delante del señor comisario que Irene, la domadora de caballos, hiciese algo en contra de Alina, pero contarle al oficial que existe ese odio visceral e incontrolable por parte de la domadora puede ayudar a comprender ciertos aspectos.

Así pues, entre Matías y Alina tenemos toda la trama montada. Pero por lo que usted me cuenta, Lucas, aquí todos tie-

nen un motivo para asesinar a la trapecista, menos usted, claro, ha dicho el comisario.

¿Cómo alguien puede dudar de mí? Yo, el alma y los ojos de esta familia, de este circo. Yo que he ayudado a todos cuando tienen un día difícil, cuando están tristes, cuando tienen el más mínimo problema. Ellos acuden a mí porque siempre tengo una sonrisa para ellos. La única manera de ayudarles con efectividad es saberlo todo de ellos, aunque a veces esconden alguna parte de lo que ocurre. Igual que a ellos yo ayudo a la policía, a los que intentan averiguar qué ha ocurrido con Alina, la hermosa trapecista. Ese es mi carácter, ese es mi buen hacer porque lo llevo en el interior de mi alma. Ayudar, ayudar y ayudar. Mi vida está consagrada a eso, siempre lo estará. A ayudar a las personas.

En cuanto he salido de la caravana de Alina, allí estaban todos esperando a ser interrogados por el señor comisario. No puedo entender por qué todos me han mirado con esa cara. He apreciado un intenso odio en sus miradas. Seguramente han podido oír lo que le he contado al oficial, porque las paredes de la caravana no son precisamente gruesas e insonoras, pero ¿no pueden entender que tenemos la obligación moral de aclarar las cosas para que la policía comprenda perfectamente cuales son las verdaderas relaciones entre los componentes de este circo?

Hemos sido familia durante años, hemos sido felices y ahora, esperando dentro de mi caravana, porque así me lo ha ordenado el señor comisario, no entiendo ese odio infundado hacia mí. Han llamado a mi puerta y he abierto, suponiendo que la policía ya había terminado con los interrogatorios.

Señor Lucas, me ha dicho el oficial, *Alina, la trapecista, calculó mal sus posibilidades y sus habilidades. No puede uno ensayar en el trapecio sin red y menos después de sentirse rechazada por Erik, el domador de leones, por enésima vez. Al menos debía de haber esperado a controlar su llanto o, como dice usted, a buscar al payaso que siempre ayuda para que su desánimo y su depresión no la condujeran al abatimiento y al suicidio. Siga mi consejo. Váyase cuanto antes de este circo. Aléjese de esta gente a la que usted considera su familia y que ciertamente no lo son. Váyase antes de esta noche si no quiere que regrese para resolver su propio asesinato.*

Gracias, señor comisario, le he respondido, *pero son mi familia y ahora, más que nunca, debo estar a su lado para acompañarles por la pérdida de nuestra amiga.*

Estoy en el interior de mi caravana, oigo golpes furiosos en la puerta, gritos, insultos. Están enloquecidos, creo que quieren prender fuego a mi carromato. ¡Dios mío! ¿No sé por qué me odian? No lo entiendo.

7

PERDER EL NORTE

A las cinco y media en punto, como cada día de lunes a viernes, Sergio salía por la puerta giratoria del edificio donde trabajaba desde hacía diecisiete años. Era administrativo en una empresa de suministros industriales. Su puesto, su mesa, sus carpetas, incluso su ordenador con las pegatinas que sus hijos le habían colocado hacía años, formaban parte de un paisaje estable, sin estridencias, sin ambiciones.

Tenía 45 años. Estaba casado con Belén desde hacía más de veinte, y juntos habían criado a Marta y a Álvaro, que a sus 21 y 19 años estudiaban en la universidad y todavía vivían en casa. Su mujer trabajaba como auxiliar de enfermería en un centro de salud, a turnos. Conocía sus horarios de memoria. Sergio también. Esa rutina silenciosa era su vida.

Al salir del trabajo, sin falta, caminaba dos calles hasta el bar La Estación. Allí se tomaba una cerveza, a veces solo, otras veces con un compañero de oficina, antes de volver a casa. Era su momento, un paréntesis entre el ruido de las cifras y la responsabilidad doméstica. El camarero ya sabía lo que iba a pedir y Sergio siempre encontraba el vaso junto a la botella de cerveza listos para tomar.

Una tarde de marzo, la vio por primera vez. Estaba sentada sola, junto a la ventana. Morena, con el cabello largo y ondulado, la piel clara, labios carnosos, un vestido verde oscuro que la hacía destacar sin esfuerzo. Tenía algo en la mirada: una mezcla de determinación y cansancio. Bebía vino tinto y leía algo en su móvil. No parecía esperar a nadie.

La segunda vez la vio, tres días después, estaba sentada en la misma mesa. Esta vez ella le sonrió.

—¿Siempre tan puntual? —dijo Inés cuando coincidieron por cuarta vez.

—Soy hombre de costumbres —contestó él, con una sonrisa torpe.

Inés tenía 28 años. Trabajaba, según contó, como secretaria en una empresa de comercio internacional. Le gustaba el vino, el cine francés, y fumaba discretamente, apoyando el cigarro en la esquina del cenicero con elegancia. Tenía una manera de escuchar que hipnotizaba, como si todo lo que Sergio decía mereciera ser atendido.

Las conversaciones se hicieron habituales. Risas. Confesiones pequeñas. Sergio hablaba poco de su familia. Ella, menos aún. Le gustaba escucharle. Le decía que tenía una voz bonita. Que parecía alguien bueno. Un tipo de hombre que ya no se encontraba. Eso lo hacía sentir especial, diferente a sí mismo.

El primer roce fue accidental. Una mano sobre la suya al despedirse. Un segundo más largo de lo normal. No pasó nada. Pero pasó todo.

La primera vez que fueron al hotel ocurrió sin planificación. Bebieron más de lo normal. Salieron juntos del bar, rieron como adolescentes, se besaron bajo una farola apagada. Entraron en un hotel cercano. Una habitación sin personalidad. La ropa cayó al suelo entre torpeza y deseo. Hicieron el amor como si el mundo se fuese a extinguir. La entrega fue total, urgente, entre jadeos, caricias nuevas, y la sensación de que aquello, aunque imposible, era profundamente necesario.

Esa noche, Sergio llegó a casa tarde. Mintió. Dijo que había tenido que salir a cenar con un cliente y que no había podido avisar. Se duchó sin mirarse al espejo. Se metió en la cama sin rozar a Belén.

—¿Todo bien? —preguntó ella, medio dormida.

—Sí, amor. Todo bien.

Pero no estaba bien.

Los días siguientes fueron una mezcla de culpa y espera. Prometió no volver a verla. Pero bastaron dos cervezas para que todo se repitiera. Otra tarde. Otro hotel. Otra mentira. Otra noche con el corazón latiéndole en el pecho como un tambor de guerra.

La red se tejió rápido.

Inés era inteligente. Sabía cuándo aparecer, cuándo retirarse. Le pedía cosas pequeñas. Datos de contactos, modelos de presupuestos, organigramas. Sergio, cegado por el deseo, no veía el peligro. Solo pensaba en ella. En su cuerpo. En su risa. En cómo lo hacía sentirse más vivo que nunca. El mundo, su mundo, comenzó a girar alrededor de esa mujer de sonrisa precisa y silencios estudiados.

La pasión se volvió necesidad. Sergio faltaba al trabajo alegando enfermedades, visitas médicas. Mentía a su mujer, a sus hijos, a sus jefes. Perdía peso. Dormía mal. Estaba enganchado.

Una tarde, mientras tomaban una copa en el bar, Inés lo miró de frente.

—¿Alguna vez has pensado en dejarlo todo?

—¿El qué? —respondió él, desconcertado.

—Tu vida. Lo que tienes. Para empezar otra distinta, conmigo.

Él no supo qué decir. En el fondo, había empezado a soñarlo. Pero no era libre. Y lo sabía.

Belén, su mujer, empezó a notar la distancia. Él ya no quería hacer el amor. Se mostraba nervioso, ausente. Cambió la clave del móvil. Olía a otro perfume. Contrató a un detective privado.

No tardó en llegar el informe. Un dosier. Fotografías. Fechas. Hoteles. Una mujer joven. Inés. Demasiadas pruebas. Demasiada certeza.

Lo esperó una tarde, sentada en el sofá.

—Quiero que me lo digas tú —dijo, sin lágrimas—. Todo.

Él lo negó todo, primero. Luego cayó de rodillas. Lloró. Suplicó.

—Te juro que la dejaré, que no volverá a pasar.

Pero ya era tarde.

—Te vas esta noche. Y te llevas tu vergüenza contigo —dijo Belén, con una voz firme que él no conocía ni imaginaba.

Los hijos no le dirigieron la palabra durante semanas. Marta lo bloqueó del móvil. Álvaro, en silencio, le cerró la puerta.

Y entonces buscó a Inés. Fue al bar. Preguntó. Nadie la había visto. Fue a su supuesta oficina. Nadie conocía a nadie con ese nombre. Intentó llamarla. El número no existía.

Desesperado, fue a su despacho. Allí también lo esperaban.

—Tenemos pruebas de que compartiste información confidencial con alguien externo. No es solo una falta grave. Es delito —dijo su jefe, sin levantar la voz.

Lo despidieron. Le retiraron las credenciales. Presentaron una denuncia.

Sergio se quedó sin casa, sin familia, sin trabajo y sin Inés. Porque Inés no era Inés. Era un fantasma bien construido. Una trampa con perfume. Una espía hábil que había jugado su papel con precisión quirúrgica.

Pasaron semanas. Meses. Dormía en un hostal barato. Vivía de lo poco que quedaba en la cuenta. Nadie le contestaba los mensajes. Ni Marta. Ni Álvaro. Ni Belén. A veces, caminaba hasta su antiguo barrio solo para ver las ventanas iluminadas, para imaginar que seguía dentro de esa vida que se le había escapado.

Una tarde, al borde del abismo, se refugió en una iglesia para evitar la lluvia. Vacía, silenciosa, la nave le pareció más cálida que cualquier lugar en semanas. Se sentó en el último banco. Bajó la cabeza. No rezó. Solo cerró los ojos.

—¿Está usted bien? —preguntó una voz suave, femenina.

Era una mujer de su edad. Pelo rizado, gafas redondas, sonrisa suave. Se llamaba Laura. Era voluntaria en un comedor social. Le ofreció un pañuelo. Luego un café. Le habló de reconstrucción, de perdón, de empezar de cero.

Sergio no supo qué decir. Solo aceptó el café. Y esa fue la primera vez en mucho tiempo que no se sintió invisible.

A veces, la redención empieza con un simple gesto. Un vaso caliente entre las manos. Una conversación sin juicio. Una mirada que no exige explicaciones. Y ahí, entre el silencio y la posibilidad, Sergio comenzó a entender que, quizás, aún no estaba todo perdido.

8
LA TEORÍA DEL CAPRICHO

El aire de la biblioteca de la Facultad de Psicología era denso, cargado del polvo de estudios clásicos y la ansiedad viva de los exámenes finales del primer cuatrimestre. Santi trazaba círculos concéntricos en el margen de su cuaderno, alrededor de la palabra «conductismo». Su mirada, sin embargo, no estaba en el texto, sino deslizándose, como hacía a menudo, hacia la mesa contigua. Allí, Ester subrayaba frases con un rotulador verde fosforito, la punta de la lengua asomando levemente entre sus labios, concentrada. La luz de la tarde de viernes, oblicua y dorada, se posaba en su melena castaña, creando reflejos de miel. Llevaba una camiseta holgada de un grupo que Santi no identificaba y unos vaqueros con un pequeño desgarrón en la rodilla. Para él, Ester era un paisaje fascinante y a la vez inalcanzable. Compartían clase, apuntes, alguna cerveza ocasional con Ernesto y Pilar, pero siempre dentro de los límites nítidos de la amistad.

Fue ella quien rompió el hechizo bibliotecario. Alzó la vista y sus ojos verdes, del color de un mar tropical, encontraron los de Santi, marrones y tímidos. Sonrió, una sonrisa amplia y desenvuelta que a él siempre le pareció un poco desafío.

—Si sigues mirando ese libro con tanto odio, va a desarrollar un trauma —susurró, acercando su silla.

Santi se sobresaltó, sonrojándose.

—Es que Skinner y sus palomas son… densos.

—Todo es denso a solo dos semanas de los exámenes —dijo Ester, cerrando su libro con un golpe seco—. Por eso necesitamos un respiro. ¿Te apetece quedar mañana con Ernesto y Pilar? Para tomar algo, charlar de cosas que no sean refuerzos positivos o del complejo de Edipo.

La propuesta lo pilló por sorpresa. Salir un sábado, en plan grupo, era normal. Pero algo en la manera en que Ester lo miraba, con una chispa de complicidad que iba más allá de lo habitual, le hizo tragar saliva.

—Eh… sí, claro. Suena bien.

—Perfecto. Nos vemos en el Bornet, a las siete. Dicen que tienen un cóctel de champán con frutas del bosque que está divino —dijo Ester, levantándose y recogiendo sus cosas. Al pasar junto a él, una fragancia sutil, fresca como la hierba recién cortada mezclada con algo dulce y profundo, envolvió a Santi. Era una colonia que él amaba, que le recordaba a los jardines de la casa de su abuela en primavera—. Nos vemos, Santi. No te quedes aquí hasta que cierren.

Y se fue, dejando a Santi en un estado de confusa expectación, con el aroma a hierba fresca aún flotando en el aire y el eco de un «divino» referido a un cóctel que ahora parecía la clave de algo importante.

El Bornet era un local pequeño, de techos altos y espejos empañados por el tiempo, con mesas de mármol y sillas de madera oscura. A las siete y cuarto, Santi jugueteaba con un posavasos de cartón. Había llegado puntual. Ester estaba sentada frente a él, deslumbrante. Se había recogido el pelo en un moño desenfadado del que escapaban algunos rizos rebeldes. Llevaba un vestido negro, sencillo pero que se ceñía a sus curvas. La misma fragancia de la biblioteca, ahora más intensa, llegaba hasta él.

—No llegan —dijo Ester, consultando su reloj de pulsera—. Les he mandado un mensaje. Nada.

—Puede que hayan tenido un problema —aventuró Santi.

—O también puede que sean unos desconsiderados —replicó Ester, con un deje de irritación teatral.

Suspiró—. Bueno, en fin. Ya que estamos aquí…, ¿probamos ese cóctel? Me encanta, un verdadero vicio para mí.

Antes de que pudiera protestar, Ester había pedido dos «Bosque de Champagne». La bebida llegó en copas altas, burbujeante, de un rojo rubí profundo. El primer sorbo fue una explosión dulce y efervescente. Ester bebió la mitad de la suya de un trago.

—Eso sí que era necesario —exhaló, y sus ojos verdes brillaron —. A ver, Santi. Háblame de algo que no sean exámenes. De algo que te apasione de verdad.

La conversación comenzó a fluir con la suavidad del alcohol. Ester dirigió el timón con habilidad.

—Tú siempre llevas auriculares entre clase y clase —dijo, inclinándose sobre la mesa—. ¿Qué escuchas?

Santi negó con la cabeza, una sonrisa tímida asomando a sus labios.

—Música. Rock progresivo, de los setenta.

—¿Como… Pink Floyd?

—Sí, también. Pero mi debilidad es Genesis.

—Genesis… —Ester pronunció el nombre como si lo saboreara—. Conozco lo de moda, *Invisible Touch*. Pero no la antigua.

—La mejor era después de Peter Gabriel, en mi opinión —se animó Santi—. Con Phil Collins de vocalista, pero manteniendo la esencia. *A Trick of the Tail* es una obra maestra. Es pura imaginación, sonidos que cuentan historias.

—Tendrías que grabarme una cinta —dijo Ester de pronto, apoyando el mentón en la palma de su mano—. Una cinta de cassette con alguna canción de ese disco. *A Trick of the Tail*. Para mí. ¿Lo harías?

La petición le sorprendió.

—¿Una cinta? Pero… es un álbum conceptual. Es mejor escucharlo entero.

—Perfecto —insistió ella, y extendió su mano, posándola brevemente sobre el antebrazo de Santi. El contacto fue eléctrico—. Tú eliges cómo grabarlo. ¿Lo harás?

Santi sintió el calor donde la mano de Ester había estado.

—Sí… claro. Te la puedo grabar.

—Perfecto —dijo Ester, retirando la mano lentamente. Su pie, bajo la mesa, rozó el de Santi. No fue un accidente.

Salieron del café con la cabeza ligera, después de haber repetido varias veces con el cóctel. La noche era templada. Caminaban riendo, y Ester se colgaba a veces de su brazo. Cada vez que lo hacía, su fragancia y su calor confundían los sentidos de Santi.

—¡Mira, ese portal está abierto! —exclamó Ester, señalando un edificio antiguo— ¿Jugamos a adivinar cómo son los vecinos? Por el olor del portal.

—Ester, no podemos…

—¡Venga! —Lo tomó de la mano y tiró de él, entrando en el portal.

Dentro, reían, inventando vidas absurdas para los inquilinos. En el fondo del zaguán, iluminado por una luz tenue, había un ascensor. Una joya de otra época: cabina de paneles de caoba pulida y un espejo ovalado en el fondo.

—Dios, qué maravilla —susurró Ester, abriendo la puerta de celosía—. Parece de una película. ¿Subimos?

—¿Adónde? No conocemos a nadie.

—A ninguna parte. Solo a verlo por dentro.

Entraron. El espejo reflejó sus imágenes: Ester, risueña; Santi, despeinado. El aroma a madera vieja y a su colonia se mezclaba. Ella pulsó un botón al azar, pero antes de que las puertas se cerraran, deslizó el interruptor de emergencia. Un clic seco resonó. El ascensor se detuvo.

—¿Qué has hecho? —preguntó él.

—Shhh —Ester se volvió hacia él, apoyando la espalda contra la madera—. Ahora no hay prisa. Nadie nos espera.

El silencio era absoluto. En el espejo, Santi veía el perfil de Ester, la intensidad de su mirada. Una alarma lejana le decía que esto era peligroso, que ella tenía novio. Pero otra parte, más profunda, ahogaba esa voz.

—Santi —dijo ella, y su voz era suave como la seda — ¿Nunca has tenido curiosidad?

Él no supo responder. Tragó saliva.

Ella dio un paso, quedándose a centímetros de él. Alzó una mano y le apartó un mechón de pelo de la frente. Su dedo rozó su sien. Santi no se movió. Estaba paralizado.

Ella sostenía su mirada. Los ojos verdes eran pozos oscuros. Su mano posada en su mejilla, el pulgar acariciando su pómulo.

—Eres muy guapo cuando te pones serio —murmuró.

Y cerró la distancia.

El primer beso fue una exploración lenta. Santi respondió con torpeza sincera, dejándose llevar. Fue ella quien dirigió el ritmo, quien presionó su cuerpo contra el suyo. La timidez de él se deshizo. Una valentía nueva le hizo rodear su cintura, atraerla más cerca. Se besaron en la penumbra, con su reflejo duplicado en el espejo. No hubo palabras. Solo manos que exploraban, ropa que se desarreglaba, jadeos que empañaban el espejo. El mundo fuera dejó de existir. Solo ese cubículo flotante donde Ester dictaba las órdenes y Santi, el aprendiz ferviente, las seguía con un asombro que rayaba en la devoción. Fue rápido, intenso, torpe en algunos momentos, abrumadoramente sensual en otros.

Cuando todo terminó, permanecieron abrazados, jadeando. Santi tenía la cabeza hundida en el cuello de Ester, inhalando su esencia. Una paz profunda lo inundó. Y entonces, la comprensión: estaba perdidamente, de forma irrevocable, enamorado.

El lunes en la facultad era un universo de gris. Santi caminaba como un sonámbulo, la mente atrapada en el recuerdo de la madera, del espejo, de su piel. La había acompañado a casa en silencio. Un último beso en la mejilla, un «gracias por la noche» susurrado, y se había marchado flotando.

Ahora, en el bar abarrotado, el ruido lo golpeaba. Ernesto y Pilar ya estaban en la mesa, con expresiones de disculpa.

—¡Tíos, lo siento mucho! —exclamó Ernesto—. A Pilar le dio una migraña brutal el sábado y yo no podía dejarla sola. Se nos murió el móvil. Una catástrofe.

—Sí, fue horrible —añadió Pilar—. ¿Os lo pasasteis bien al menos?

Santi buscó la mirada de Ester. Ella se sentaba con naturalidad. Llevaba una sudadera, el pelo en una coleta. Parecía la Ester de siempre.

—Bueno, no nos morimos de aburrimiento —dijo Ester con tono ligero, jugando con un azucarillo—. Tomamos un par de cócteles, charlamos. Santi me estuvo ilustrando sobre música progresiva. Muy interesante.

Su voz era clara, neutral. No había un guiño, una sonrisa especial. Nada. Santi sintió un vacío en el estómago.

—Ah, ¿sí? —dijo Ernesto, sin interés—. Oye, ¿me pasas los apuntes de Psicobiología?

La conversación derivó hacia los exámenes. Santi apenas participaba. Observaba a Ester reírse de un chiste de Ernesto. Era como si lo del ascensor hubiera sido un sueño.

Hasta que, media hora después, Ernesto y Pilar se levantaron para ir a hacer fotocopias.

—Vamos en un minuto —dijo Ester.

Cuando se quedaron solos, el ruido del bar pareció amortiguarse. Ella se inclinó hacia él, muy levemente. Bajó la voz a un susurro íntimo y cargado.

—Por cierto… sobre el sábado. Me lo pasé… increíble. Fue… excitante. Un verdadero capricho.

Alzó la vista. Por un instante, los ojos verdes recuperaron esa intensidad del ascensor. Un destello rápido, un recordatorio privado.

—¿Me pasarás esa cinta de Genesis que prometiste? *A Trick of the Tail* —añadió, en un tono normal, justo cuando los otros volvían.

Santi asintió, con un nudo en la garganta. «Un capricho». La palabra resonó, clara y cruel.

Ester esperó a que Ernesto y Pilar se hubieran sentado y estuvieran distraídos en su propia conversación. Entonces, volvió a inclinarse hacia Santi, como para coger un azucarillo de la bandeja central. Su hombro rozó el de él. Esta vez, su susurro fue aún más bajo, solo un aliento cálido cerca de su oreja que le hizo estremecerse.

—Un capricho… de momento. Los caprichos, Santi, a veces piden repetición. Cuando a mí me apetezca. Y creo que me va a volver a apetecer.

Se apartó, llevándose el azucarillo, y se incorporó de nuevo en su silla con una sonrisa inocente dirigida a Pilar, que le preguntaba algo sobre las prácticas. Santi se quedó inmóvil, el eco de aquellas palabras —«cuando a mí me apetezca»— martilleando en su cabeza junto al compás de *A Trick of the Tail*. No era un adiós. Era algo peor y, a la vez, más intoxicante: una condena a la espera, a ser el otro, el secreto, el capricho recurrente de Ester. El amor que había brotado en la penumbra del ascensor se enredaba ahora en una red de deseo y sometimiento, y Santi, perdidamente enamorado, supo que no tendría la fuerza para escapar cuando ella decidiera pulsar de nuevo el interruptor de emergencia de su mundo.

9

EL ÚLTIMO BESO

El Mediterráneo respiraba con calma, como si el tiempo se hubiera detenido en aquella pequeña bahía. La arena, aún tibia por el sol de la tarde, crujía bajo los pies de los pocos paseantes. Las olas rompían con pereza, arrastrando consigo restos de algas y conchas rotas.

En la terraza del Café del Mar, sentados frente a una mesa de hierro forjado, dos figuras destacaban entre los turistas: un hombre y una mujer, ambos de pelo blanco, gafas de sol y manos surcadas de venas azules. Ella jugueteaba con el borde de su sombrero de paja; él, con el vaso de vino blanco que ya había perdido su frescura.

—¿Te acuerdas de la primera vez que vinimos aquí? —preguntó él, la voz áspera, como si cada palabra requiriera un esfuerzo invisible.

Ella sonrió, pero no era una sonrisa alegre. Era la sonrisa de quien hojea un álbum de fotografías y sabe que no quedan páginas en blanco.

—Claro que me acuerdo —dijo—. Llegamos en ese autobús destartalado, con los asientos de cuero agrietado.

—Y te mojaste el vestido con la primera ola que te rozó.

—Era azul.

—Sí. Azul.

Callaron. El mar seguía ahí, testigo mudo de todos sus recuerdos.

El sol comenzaba a caer sobre el horizonte, tiñendo el cielo de un rojo cobrizo que se reflejaba en los ventanales del paseo marítimo. En la mesa de al lado, un grupo de turistas alemanes reía con estruendo, ajenos a la intimidad de aquella pareja de ancianos.

Él alzó la mano para llamar al camarero y pidió otra copa de vino. Ella observó cómo sus dedos temblaban levemente al sostener el vaso.

—No deberías —murmuró ella, señalando el alcohol con la mirada.

—¿Por qué? ¿Crees que un poco más o menos cambiará algo? —respondió él, con una sonrisa torcida.

Ella no contestó. Sabía que tenía razón. Un velero pasó en la distancia, su silueta recortada contra el crepúsculo.

—¿Y si hubiéramos sido valientes? —dijo ella de pronto, como si hablara consigo misma.

Él dejó escapar un suspiro largo.

—Valientes... Qué palabra tan grande.

—O pequeña, dependiendo de cómo se mire.

Callaron. El camarero llegó con el vino y el hielo en el cubo tintineó como campanillas de fondo.

El vino le dejó un regusto amargo en la boca. Él apartó la copa y observó cómo las luces del pueblo empezaban a encenderse, una tras otra, como estrellas terrestres.

—Siempre dijiste que este lugar era mágico —murmuró ella, siguiendo su mirada—. ¿Sigues creyendo en eso?

Él tardó en responder. Un grupo de gaviotas pasó volando en formación, sus gritos rasgando el aire salado.

—La magia no es lo que creíamos de jóvenes —dijo al fin—. No es algo que ocurra. Es algo que permanece.

Ella entrelazó los dedos sobre la mesa. Notó que la piel de sus manos ya no era suave como antes, pero el tacto de sus nudillos seguía siendo familiar.

—¿Como nosotros?

—Como lo que fuimos.

El silencio se extendió entre ellos, cómodo y doloroso a la vez. En la lejanía, las primeras embarcaciones comenzaban a regresar al puerto. Ella cerró los ojos y dejó que la brisa le acariciara las mejillas. Por un momento, el sonido de las olas la transportó a aquel verano de 1967, cuando él aún llevaba el pelo negro y rizado y ella usaba vestidos que parecían hechos de cielo.

—¿Recuerdas la tormenta? —preguntó de pronto, sin abrir los ojos.

Él apretó los labios. Claro que la recordaba. Era la noche en que casi lo perdieron todo.

—El día que el mar se tragó tu sombrero.

—Y tú te lanzaste a buscarlo como un loco.

—Casi me ahogo.

—Y yo casi te besé.

Callaron. El camarero pasó junto a su mesa, dejando un rastro de perfume a limón y sal.

El sol ya había desaparecido tras la línea del horizonte, pero el cielo aún conservaba tonos morados y anaranjados, como una herida que no termina de cicatrizar.

—Nunca me preguntaste por qué no dejé a mi esposo —dijo ella, mirando fijamente su copa de vino.

Él jugueteó con el reloj de pulsera, ese que siempre llevaba y que nunca funcionaba.

—Sabía la respuesta.

—¿Ah, sí?

—Amabas tu rutina más que amarme a mí.

Ella no lo negó. Una luz tenue se encendió en el balcón del hotel frente al mar.

—¿Y si te dijera que me equivoqué? —susurró ella.

Él se quedó inmóvil. Unas risas infantiles llegaron desde la playa, donde un grupo de niños recogía conchas al borde del agua.

—Demasiado tarde para eso —respondió, y se llevó la mano al pecho, como si le doliera—. Aunque no del todo.

Ella notó el gesto, pero fingió no verlo. En cambio, se concentró en el último rayo de sol que se aferraba a las olas. El primer faro del puerto encendió su luz, barriendo la bahía con un haz amarillento que se perdía en el mar. Él siguió el recorrido con la mirada, como si esperara encontrar algo en la oscuridad.

—¿Sabes? Hace un mes soñé contigo —dijo de pronto, apartando los ojos del agua—. Estábamos en Venecia, en esa plaza donde siempre decías que nos fugaríamos.

Ella dejó escapar una risa breve, casi un suspiro.

—Nunca fuimos a Venecia.

—En el sueño sí. Y llevabas ese vestido rojo que te compraste en Barcelona.

—Lo odiabas.

—Te quedaba bien.

El vino se le había calentado entre las manos, pero bebió un sorbo igual. El sabor le recordó a las tardes de verano en su jardín, cuando ella le leía poemas y él fingía entenderlos. Un grupo de turistas pasó cerca de su mesa, arrastrando sombrillas y cámaras de fotos. Uno de ellos, un hombre joven con el pelo teñido de rubio, los miró con curiosidad antes de seguir a sus amigos.

—Nos toman por matrimonio —murmuró ella, observando cómo se alejaban.

—Lo fuimos. Solo que no el uno del otro.

Ella jugueteó con el anillo que aún llevaba en su mano izquierda, la banda de oro ya desgastada por los años.

—A veces pienso en cómo hubiera sido.

—¿El qué?

—Despertarme contigo. Oír tus ronquidos.

Él sonrió, pero fue una sonrisa triste, como las que se guardan para los funerales.

—Yo ronco mucho ahora.

—Ya lo sé.

Se miraron, y por primera vez en la noche, ambos se quitaron las gafas de sol. Decidieron caminar. La playa estaba vacía ahora, salvo por algún pescador solitario que recogía sus redes. La luna, casi llena, pintaba un camino plateado sobre el agua. Él se detuvo de pronto y sacó algo del bolsillo de su chaqueta: un sobre amarillento, doblado en cuatro.

—Para ti —dijo, extendiéndolo hacia ella con dedos que temblaban levemente—. No lo abras ahora.

Ella lo palpó. Adivinó el grosor de varias páginas, el tacto áspero del papel antiguo.

—¿Cuándo lo escribiste?

—El día que cumpliste cincuenta años. Iba a dártelo, pero...

—Pero tu mujer murió esa misma semana.

Asintió. Un faro distante iluminó sus perfiles por un instante, congelándolos como una fotografía mal encuadrada. Caminaron en silencio un rato más, sus huellas borrándose tras de ellos con cada nueva ola. Ella notó que él respiraba con dificultad, pero no dijo nada. En cambio, apretó el sobre contra su pecho, como si temiera que el viento se lo arrebatara.

—Siempre guardaste todo, ¿verdad? —preguntó de pronto.

—Solo lo importante.

—¿Y yo fui importante?

Él se detuvo, giró hacia ella y le acarició la mejilla con el dorso de los dedos. Un gesto tan familiar que le partió el alma.

—Fuiste el único amor verdadero.

Ella cerró los ojos. Llegaron al viejo muelle de madera, donde cuarenta años atrás él le había propuesto huir juntos. Ahora, las tablas crujían bajo sus pies con advertencias de termita y salitre.

—¿Recuerdas lo que me dijiste aquí? —preguntó él, apoyándose en la baranda oxidada.

Ella miró las sombras que bailaban bajo las lámparas del puerto.

—Lo recuerdo.

—Me dijiste que el miedo era natural —mintió—. Que no importaba.

Él rio, una tos seca disfrazada de risa.

—Mentiras piadosas. En realidad te dije que sin ti me moriría.

—Y aquí estás.

—Sí. Aquí estoy.

El silencio que siguió fue tan denso que casi podía tocarse. En la distancia, las luces del último barco pesquero se perdían en el horizonte. El viento había arreciado cuando regresaron al hotel. En el ascensor, él se limpió discretamente la comisura de los labios con el pañuelo de lino que siempre llevaba en el bolsillo del pecho. Ella fingió no ver la mancha de óxido que quedó impresa en la tela, ni cómo sus dedos temblaron al guardarlo de nuevo.

—¿Subes a la habitación? —preguntó él, evitando su mirada.

—Necesito un momento —respondió ella, alzando el sobre como excusa—. Luego te busco.

La puerta del ascensor se cerró entre ellos con un clic metálico. Solo entonces, en el reflejo distorsionado del espejo del vestíbulo, se permitió soltar el aire que llevaba reteniendo desde el muelle. El cuarto de baño olía a lavanda y a humedad. Ella encendió la luz con el codo, cerró la tapa del inodoro y se sentó. El sobre crujió al abrirlo, como si protestara por ser leído después de tantos años. Dentro había tres hojas escritas a mano, la tinta desvaída en los pliegues. Reconoció su caligrafía inmediatamente: esas «r» arrastradas, los puntos sobre las «íes» convertidos en pequeños círculos. Como si escribiera con el alma, pensó.

«Querida Elena: Cumplir cincuenta años contigo habría sido mi mayor regalo. Pero como la vida decidió otra cosa, hoy te escribo desde el exilio de mi matrimonio...»

Una lágrima cayó sobre el papel. La apartó de golpe, temiendo borrar las palabras. Fuera, alguien tosió en el pasillo. Él. Siempre había tosido así, ahogando los sonidos como si pidiera perdón por existir.

Cuando terminó de leer, dobló las páginas con precisión de cirujana y las guardó en su neceser, bajo las pastillas de colores que ya no lograba distinguir sin sus gafas. Se miró al espejo: el rímel corrido le dibujaba sombras de cuervo bajo los ojos.

—¡Estaré lista en cinco minutos! —gritó hacia la puerta, con una voz que sonó demasiado alegre en sus propios oídos. Al otro lado, él carraspeó.

—No hay prisa —mintió.

Toda la prisa del mundo, pensó ella mientras se aplicaba colorete en las mejillas. Porque sabía que cuando saliera de ese baño, solo quedaría una línea por decir. Una más en una vida llena de guiones truncados: «Te llamaré cuando llegue a casa.»

Y esta vez, ambos sabrían que era mentira.

La imagen en el espejo del baño se distorsionó y ella, en el recuerdo que afloraba, se vio en el andén número 3, con veintidós años y un vestido que le pesaba como una armadura. La lluvia golpeaba los cristales del reloj de la estación, donde las manecillas marcaban las 11:47. Once minutos tarde, pensó. Él siempre llegaba once minutos tarde.

—Perdona —su voz llegó detrás de ella, jadeante—. El tranvía descarriló en la calle Mayor.

Al volverse, vio que mentía: tenía el pelo seco y llevaba en la solapa la flor de papel que le había regalado su esposa esa mañana. La primera mentira importante, comprendió ahora.

—¿Lo has pensado mejor? —preguntó él, mientras agarraba su maleta con ambas manos, como si fuera a evaporarse—. El tren a Marsella sale en media hora.

Ella miró su propio equipaje a los pies: un bolso de viaje vacío excepto por un cepillo de pelo y una fotografía de su madre enferma.

—No puedo.

—¿No puedes o no quieres?

—Si subo a ese tren —dijo, señalando la locomotora que echaba vapor—, mi familia morirá de vergüenza. Y tú, de hambre.

Él abrió la boca para protestar, pero en ese momento el altavoz anunció: «Toulouse en diez minutos». Era el tren que lo llevaría de vuelta a su vida ordenada, a su mujer embarazada, a su futuro de mentiras cómodas.

—Al menos esto —susurró él, hundiéndole en el pelo un clip en forma de mariposa que había comprado en la tienda de la estación—. Para que no me olvides.

Ella sintió cómo le temblaban los dedos al sujetarle la nuca. Cuando besó su frente, supo que sería el último gesto puro entre ellos. Después, solo vendrían encuentros robados, cartas quemadas y silencios de décadas. El pitido del tren los separó.

Elena tocó inconscientemente el clip —ahora oxidado— que aún llevaba oculto bajo el cuello del abrigo. En el espejo del baño, su reflejo de setenta años se superpuso al de aquella muchacha empapada.

—¿Lista? —la voz de él, ronca, llegó desde la habitación.

Ella tragó saliva. Nunca lo estuve, pensó. Pero abrió la puerta igual. La puerta del baño chirrió al abrirse. Él estaba junto a la ventana, recortado contra las luces del puerto. En su mano izquierda, el pañuelo ensangrentado; en la derecha, un billete de tren amarillo con fecha de 1975. Marsella-Portbou. Ida sin vuelta.

—Lo guardaste —susurró ella.

Él no se volvió. Con un gesto lento, dejó el billete sobre la mesilla de noche.

—Siempre.

Afuera, las olas rompían contra el espigón. El mismo sonido de aquella noche en la estación, cuando la lluvia les robó las palabras. Elena avanzó hasta tocar su espalda. Notó cómo respiraba: cada inhalación, un esfuerzo; cada exhalación, una rendición.

—¿Sabes de qué me arrepiento más? —preguntó él, mirando el horizonte—. De no haberte besado aquel día. Un beso verdadero, no esa caricatura en la frente.

Ella apoyó la mejilla entre sus omóplatos, donde la tela de la chaqueta olía a medicinas y a sal.

—Todavía estamos a tiempo.

Él se giró lentamente. Sus labios encontraron los suyos con la urgencia de quien sabe que es la última página. Cuando se separaron, el clip de mariposa se desprendió del pelo de ella y rodó por el suelo, deteniéndose justo frente al billete de tren.

10

CENA FAMILIAR

Sentados alrededor de la mesa, la mayoría disfrutaba de una cena de Nochevieja cuando me levanté para iniciar el brindis tradicional que, cada año a las once en punto, tenía el honor de realizar.

Mi madre, doña Elvira, presidía la mesa, orgullosa de tener a toda su familia alrededor y de poder agasajarnos con tanto fasto; de tenernos a todos sometidos a su voluntad y capricho. Un control férreo que después de treinta años ninguno de sus hijos se había siquiera atrevido a entorpecer ni a cuestionar. A su derecha estaba Tomás, el mayor. Tomás era un simple empleado de banca, de ideas neoliberales y machista, casado con Teresa, de profesión ama de casa, por no decir esclava de su amadísimo marido. Vivían por encima de sus posibilidades, pero la ayuda económica, secreta por supuesto, de mi madre, hacía de soporte ficticio, pero muy efectivo de su posición social ante sus amistades y allegados. No tenían hijos.

Esteban era el mediano, 35 años, dos menos que Tomás. Casado con Isabel, dependienta de una tienda de ropa y siete años menor que él. Esteban era informático, trabajaba en una importante empresa relacionada con la aeronáutica. Viajaba mucho y su tema de conversación era, exclusivamente, su trabajo. Casi nunca estaba con nosotros en Navidad. Vivía holgadamente porque su sueldo se lo permitía, pero no era nada detallista y no acostumbraba a regalar caprichos.

Finalmente estaba yo, el benjamín, profesor interino de instituto. Llevaba cinco años casado con Nuria, pero nuestra relación se había ido enfriando desde hacía algunos meses. Nuria era cartera. Mi madre, siempre dispuesta a ejercer su particular control que había heredado de mi padre, fallecido doce años antes, nos ofrecía dinero, consciente de nuestra precariedad laboral, pero yo siempre me negaba.

Así pues, como el pequeño de la familia, yo tenía el honor y el deber de realizar el brindis de Nochevieja. Me levanté en cuanto mamá me hizo la señal convenida después de que observara en el reloj, que había sobre el aparador, que eran las once en punto de la noche. Golpeé con el tenedor en la copa al mismo tiempo que me levantaba, para que todos hiciesen el favor de atenderme. Se hizo el silencio.

—Bien…, bueno —dije sin saber muy bien cómo empezar—. Este año sólo diré una cosa. Seré escueto. No puedo seguir con Nuria y…

—¿Cómo? —preguntaron al unísono, a la vez que se levantaban mi madre, mi mujer y mi hermano mayor.

—¿Cómo te atreves? —Me amenazó levantando su dedo, Tomás.

—Esto no te importa. Es decisión mía —respondí.

—Tú eres un *hijoputa* —exclamó con evidente enfado—. ¿Pero no ves lo que le estás haciendo a la familia? ¿Y tú no tienes nada que decir? —le espetó a Nuria que seguía de pie, cabizbaja, sin poder ocultar las lágrimas— ¿Es que nadie va a decir nada?

—Mira, hermanito. —Me encaré—, que tú tengas a tu mujer sometida y te vayas de picos pardos por ahí y sigas con las apariencias, no te da ningún derecho…

—¡Te voy a matar, cabrón! —Se abalanzó hacia mí.

—¡Tranquilos! —Se interpuso Esteban, conciliador —. Vaya espectáculo estáis dando. Si ha decidido dejar a Nuria sus razones tendrá, ¿no? De todas formas, yo creo que esto tendrías que haberlo hablado antes con tu mujer, porque es evidente que no sabe nada.

—No. No sabía nada —expliqué—. Nadie sabía nada. Ha sido una decisión mía, muy madurada, por cierto.

—Vamos a ver —Intentó calmar la situación mamá, levantándose—. ¡Sentaos todos! —ordenó sin éxito—. Explícanos este arrebato infantil que, estoy segura, que no va a prosperar.

—Te equivocas, mamá.

Nuria se había dejado caer en la silla, completamente abatida. Las lágrimas habían estropeado su maquillaje. Tomás seguía de pie y cabeceaba porque en su mentalidad no entraba el concepto "separación". Teresa, su mujer, se había agarrado al brazo de mi hermano con cara de pánico. Esteban seguía contemplando la escena entre divertido e irónico e Isabel estaba cabizbaja sin atreverse a mirar a nadie. Mi madre me miraba con odio y resentimiento, entrecerrando los ojos, esperando una explicación y con un evidente enfado porque yo había aguado la cena.

—Estoy enamorado de mi amante —revelé después de un minuto de silencio.

—¿Amante? ¿Tú? —preguntó de forma despectiva mi madre.

—Pensé que jamás te atreverías —dijo Isabel, mi cuñada, mientras se levantaba ante la estupefacción general—. Yo también te amo.

11

LA ISLA

1. LA TRAVESÍA

El primer impacto con el océano fue estremecedor. El agua estaba fría y las heridas abiertas en mi carne escocían por efecto de la sal. Un silencio abrumador envolvió toda mi existencia y en la quietud de ese instante reconocí el roce de la parca que rondaba próxima a mí. Mas las corrientes me arrastraron lejos de la costa, caprichosas, pertinaces.

Jugaron con mi cuerpo inerte porque no les permití que jugaran con mi alma que, rota y destrozada, luchaba en vano por salir de ese cuerpo que la aprisionaba. Así empezó la travesía, sin rumbo fijo, sin destino claro, sin importarme tan siquiera el lugar donde pudiese tomar de nuevo tierra, porque sabía que, fuera donde fuese, la miseria, el olvido y la desdicha harían presa de mi corazón nuevamente.

No opuse resistencia a los designios del reino marino, solo esperaba mi final. Pero la luz del alba me sorprendió echado sobre la arena de una playa desconocida, rodeado de algas que el mar regalaba a la tierra. Sin poder moverme, exhausto por el viaje realizado, con la espalda quemada, con el sonido de un pacífico amanecer en el interior de mi cabeza.

Me pregunté, en esas largas horas que permanecí allí tendido con las piernas todavía dentro del agua, cuál era el propósito de haberme dejado allí, el mar, como un náufrago. Sin ropa, sin alimentos, sin utensilios. Estaba condenado al fracaso, tal vez a postergar algo más mi muerte. Qué utilidad podía tener el hecho de que siguiese vivo, cuando lo más probable era que ya estuviese plenamente olvidado de todos aquellos que me conocieron y alguna vez me amaron.

A la caída de la tarde pude arrastrarme hasta la sombra y el frescor de los altos árboles que había junto a la playa para volver a caer rendido y dormirme en un profundo y reparador sueño. Al despertar de nuevo me dio la bienvenida un cielo estrellado, tamizado de puntos brillantes, pero sin luna. Como si el satélite se avergonzara de verme en tal lamentable estado, o sencillamente quisiera también olvidarme.

Escudriñé la playa, en busca de algún objeto más que el posesivo mar hubiese querido prestarme y encontré un pequeño y oxidado cuchillo que empuñé con mis manos destrozadas. Ese utensilio serviría para procurarme alimentos mientras durase mi estancia en aquella tierra.

Aprender, experimentar, avanzar fue todo un reto, pero poco a poco, movido por una voluntad nueva, fui consiguiendo pequeños logros con la herramienta que el mar me había obsequiado. Sin casi recordar quién era, seguía preguntándome qué propósitos me aguardaban en aquel lugar y precisamente esa pregunta ocasionó un nuevo desvelo para aquel que había dejado su pasado durante la travesía.

2. LOS ORÍGENES

Me entrenaron para ser un guerrero, un buen guerrero. Para luchar en mil batallas y vencerlas todas. Me entrenaron para ser el mejor luchador de este mundo, para conseguir la fortuna y doblegar a mis enemigos. Aprendí con ansia, con desmesura, diría yo. Aprendí tácticas, artes y trucos para llevar a cabo con éxito mi cometido... Pero no me enseñaron a enfrentarme a la derrota, a la desolación, al olvido; no me enseñaron a enfrentarme a mí mismo cuando las fuerzas y la voluntad, o incluso la suerte, te abandonan.

Y llegó el miedo. Esa etapa fue terrible. Un miedo atroz invadió mi corazón y no solo lo cubrió de un velo espeso y pesado, sino que lo partió en mil pedazos. Desorientado, perdido, atemorizado por el desconcierto, la losa de la desgracia cayó sobre mi mente y empecé a perder todo aquello que había ganado.

Quebré la espada, oxidé mi armadura antaño espléndida, y sufrí mil derrotas más fuertes que una sola de mis victorias. Golpeado por mis rivales, perseguido por mis enemigos, todos aquellos a los que consideraba amigos, me abandonaron. Quedé expuesto a la mofa, al escarnio y a la burla y en mi corazón asomó la tristeza, el desánimo y la locura.

Vagué sin rumbo ni sentido, alimentándome de carroña, de desperdicios. Entré en los mundos subterráneos; aquellos que solamente habitan los sin alma, los muertos vivientes que intentaban robarme el poco aliento que me quedaba de vida. Lacerado por mis propias heridas abiertas, recorrí antros y cubículos tan repugnantes que ahora me asombro de haber salido con bien de esa triste aventura.

Siendo un deshecho de lo que llegué a representar, sin amigos, sin esperanza, sin voluntad que me guiase hacia algún punto; hallé una voz en mi interior que me llevó hasta los acantilados. La sola visión del océano, amplio, abierto, me estremeció de pavor, porque me devolvió mi propia imagen. No pude seguir con la osadía de mirarme en el reflejo del agua y por ello me lancé al agua, desnudo ya, esperando naufragar para siempre.

Ese fue el origen de mi desvelo...

3. LA EXPLORACIÓN

Intuía, tal vez presentía, que mi estancia en aquel lugar podía cambiar de un momento a otro. Dediqué aquel primer día a explorar las posibilidades que aquella nueva tierra me ofrecía. Vagué descalzo y desnudo por aquel territorio y pronto descubrí que me hallaba en una isla. Ignoraba que lugar podría ser, si pertenecía a algún reino o nación, si estaría cerca de algún continente o, por el contrario, sería una remota isla de algún lugar verdaderamente lejano. La isla me ofrecía abundante agua dulce para calmar la sed, pues enseguida descubrí un saltarín río de aguas cristalinas y una hermosa cascada que vertía sus aguas en un lago paradisíaco rodeado de una frondosa vegetación. Un auténtico vergel donde hallar frutos variados con los que alimentarme. Recorrer toda la extensión de la isla me llevó más de cuatro días y al finalizar el quinto, cayendo ya la tarde, descubrí que no era el único habitante de la isla.

Yo me había instalado, en un modesto y precario campamento, junto al lugar donde el mar había decidido arrojarme, pero en el extremo opuesto al sitio donde me había establecido, junto a la orilla, había otro campamento. Este último estaba formado por una cabaña, construida por viejos tablones que le daban un aspecto mucho más consistente que lo que yo había conseguido con unas cuantas ramas. También se veían los restos de lo que era un a hoguera, completamente apagada y sin rescoldos ni brasas. Me acerqué cauteloso. Estaba oscuro cuando llegué junto a la cabaña. Saludé en voz alta, pero nadie me respondió. Iba a marcharme cuando decidí esperar para descubrir quién podía ser el compañero que habitaba en ese lugar y cuál sería su historia, la que le había llevado a habitar, voluntariamente u obligado, en esa isla tan alejada de la civilización. La espera se me hizo eterna y al final caí rendido por el sueño entre la cabaña y los restos de aquella hoguera abandonada.

4. LA SORPRESA

Había sido un día largo. Recorrí toda la isla en busca de alimentos y de agua para proveer el campamento. Al atardecer, cargada con todo lo que había podido recolectar, ya cercana al lugar donde yo habitaba, me asaltó una alarma. Junto a los restos de la hoguera que usaba para calentarme en las noches frías o para tener algo de luz durante las oscuras noches sin luna, se encontraba un hombre, un extraño. Era la primera vez en años que veía a alguien en la isla. Ya había perdido toda esperanza de encontrarme con otro ser humano, pero allí estaba, sentado. ¿Cómo había llegado allí? ¿Quién era? ¿Cuáles eran sus intenciones? ¿Cómo no me había dado cuenta de que alguien había llegado hasta allí? No me atreví a acercarme, más por precaución que por miedo, tal vez incluso por instinto de supervivencia. Dejé las cosas a mi lado, en el suelo, con sumo cuidado de no hacer ningún ruido que descubriese mi presencia. Oculta entre la frondosa maleza me dediqué a observarlo, a estudiarlo. Parecía dispuesto a permanecer allí toda la noche. Estaba claro que quería ver quién habitaba en aquella rudimentaria cabaña. Seguramente habría topado con el campamento por casualidad y desde luego estaba más que convencida de que su estancia en la isla debía de ser muy reciente, tres o cuatro días a lo sumo. Un buen rato después se tumbó en el suelo con la intención de dormir. Esperé un buen rato hasta que tuve la certeza de que se había dormido completamente. Solo entonces, con el mayor sigilo posible, me fui acercando hasta casi tocar su piel requemada por la sal del mar y por el sol del mediodía. Podía entrever, entre las sombras que la luz de la luna proyectaba sobre su cuerpo desnudo que en el pasado había sido un gran guerrero, un luchador, pero la huella del tiempo y la derrota habían hecho mella en él y si alguna vez gozó de gloria y triunfo, ahora su aspecto era el de la derrota; sin embargo, algo había en él que seguía llamando la atención. Una fuerza misteriosa asomaba en su rostro dormido. Era bello, hermoso, a pesar de su deplorable estado. Dejé que durmiese para que repusiese fuerzas que intuía que necesitaba recuperar. Mi mente dedujo que aquel hombre no representaba ningún peligro y me dirigí a la cabaña para descansar. Dejé algo de mi comida junto a él, para que la encontrase en cuanto despertara en señal de bienvenida. Me costó mucho conciliar el sueño, pues no sabía si sería capaz de que las palabras saliesen de mi garganta. Llevaba tanto tiempo sin relacionarme que me preocupaba el encontrarme con él, cara a cara. Pero podía más la curiosidad por saber quién era ese hombre, qué hacía allí y sobre todo cómo había llegado, lo que había resultado ser una inesperada sorpresa, y si había manera de poder salir de la isla con él. Poco a poco se me fueron cerrando los ojos.

Al día siguiente, muy temprano, con las primeras luces del día me levanté. Allí seguía dormido, en el mismo lugar donde se había echado la noche anterior. Sin pensarlo dos veces me zambullí en el mar para refrescarme y nadar algo antes de que despertase.

5. EL SALUDO

Desperté un profundo sueño reparador y aunque mis ojos seguían cerrados, mi mente estaba atenta a todo lo que sucedía a mi alrededor. Era una sensación extraña, pues sin estar plenamente consciente, era capaz de adivinar, abandonado en esa lentitud del sueño, lo que ocurría fuera de mí. Consciente de que había amanecido abrí los ojos y lo primero que vi fue una hoguera ya extinta, sin brasas encendidas, bajo un sol esplendoroso. Vi el azul profundo de un cielo limpio que me daba la bienvenida al nuevo mundo. Enseguida supe que me hallaba en el campamento descubierto la noche anterior y de un salto me incorporé. El corazón se desencajó dentro de mi pecho y empezó a saltar sin control cuando vi el cuerpo desnudo de una misteriosa mujer saliendo del mar, andando hacia el lugar que yo ocupaba. Calculé la posibilidad de esconderme, de salir huyendo, de conseguir que la tierra me engullese, pero enseguida supe que era un acto inútil, pues ella ya me había visto y con una sonrisa franca avanzaba paso a paso, acercándose.

Hubo un instante en que pude apreciar el olor de su piel mezclado con la sal del mar, pude sentir el calor de su cuerpo emanando aromas exóticos y me sentí atrapado en una vorágine cuando contemplé la hermosura de sus ojos verdes, porque eran extraordinarios, vivos, apasionantes. Me sentí tan ridículamente torpe a esa distancia, que, aunque quise sacar el orgullo del guerrero que un día fui, solamente encontré miseria en mi alma.

Sin embargo, y aunque sabía que me costaría un gran sacrificio, hice acopio del poco valor que me quedaba y me puse de pie, desnudo, para presentarme. Las palabras tardaron en venir a mi boca, pero su leve sonrisa, su mirada curiosa me envalentonaron y por fin, después de varios tartamudeos pude articular un saludo.

—Hola —dije.

Y me puse a temblar como un niño.

6. ENCUENTRO

Su voz fue un regalo para mis oídos. Pero la mía no quiso sonar en esa ocasión, en ese nuestro primer encuentro. Lo intenté, abrí mi boca, aclaré mi garganta, pero ningún sonido fui capaz de emitir. A pesar de ello, y preocupada por lo que aquel hombre pudiese pensar, le sonreí y enseguida entré en la cabaña para coger una de mis frutas y ofrecérsela en señal de bienvenida. Al estirar el brazo hacia él dio un paso hacia atrás, pero al momento comprendió mi gesto y cogió la fruta y la mordió con ansia. Supuse que estaría hambriento. Mientras yo le observaba comiendo, él me miraba entre agradecido y avergonzado, pero yo seguía sonriéndole para que comprendiese que no había nada por lo que disculparse ni nada de lo que temer.

Cuando terminó de comer la fruta se limpió las manos con su cuerpo desnudo y aquello me causó una extraña sensación. Mi cuerpo reaccionó a lo que presenciaba y me ruboricé al tiempo que un deseo de besarle se apoderó de una forma salvaje de mi voluntad. Conseguí dominar ese impulso, sintiéndome confundida. Creo que él esperaba que yo me presentase, que le dijera mi nombre, pero ni podía articular palabra ni podía decirle mi nombre porque en ese momento no lo recordaba. Ante mi mutismo esbozó una sonrisa, se dio media vuelta y se marchó de mi campamento, adentrándose en la maleza.

En un primer momento estuve tentada de seguirle para averiguar dónde se alojaba, dónde se había establecido, pero desestimé la idea y me concentré en prepararme para el siguiente encuentro, que seguro se produciría. No solo tenía que recordar mi nombre, sino que también tenía que ser capaz de articular sonidos para poder comunicarme. Quería conocer de dónde venía, cómo había llegado a la isla, quién era y sobre todo quería volver a mirarle a los ojos y volver a sentir ese impulso de besarle. Me senté en el interior de la cabaña y empecé a intentar hablar, a emitir sonidos. Poco a poco fui capaz de articular mis primeras palabras, tras más de medio día de ensayos. Feliz por mis avances deseé que volviese a aparecer porque en ese instante, recordando su rostro, ya me parecía lo suficientemente atractivo como para besarle.

7. LA ESPERA

En un sin vivir, en una agonía constante, en un estado lamentable me encontraba después de la fugaz visita al campamento de aquella mujer enigmática que habitaba en la misma isla que yo. En medio de la noche, sin poder conciliar el apetecible y tranquilizador sueño, una imagen me asaltaba y siempre era la misma. Era ella, su cuerpo desnudo bajo los rayos del sol, saliendo del agua. Su piel tostada, sus ojos verdes, de un verde profundo, su pelo negro y sus labios carnosos. Sus pechos firmes y sus formas perfectamente moldeadas. Deseé oír su voz, cómo sería. Seguía sin comprender por qué no me había hablado. Dos días después de nuestro primer encuentro hice acopio de todo mi valor y decidí volver al campamento de ella, pero esta vez sería yo quien le ofrecería fruta, como agradecimiento por haberse portado tan bien conmigo. Debía buscar y encontrar alimento para regalarle y intentar saber su nombre, cuánto tiempo llevaba allí y cómo había llegado.

Sin embargo, enseguida me di cuenta de cuál era mi objetivo en la isla. De repente comprendí por qué había llegado al lugar que ahora ocupaba y ese motivo no era otro que la falta de valor; o por decirlo de una manera más directa, más sencilla... más real, la cobardía. Descubrí que era un cobarde y que el miedo a la derrota me había hecho perder todas mis enseñanzas y ese mismo miedo, acabó derrotándome. Por eso ya no era aquel caballero que conoció mejor fortuna en otros tiempos. Por eso ya no era el guerrero que en otras épocas luchó con denodado esfuerzo, demostrando a sus rivales el honor, la nobleza y la victoria. Sencillamente el pensar en un nuevo encuentro, cara a cara, me acobardaba.

Descubierto el mal, el error, solamente había una manera de vencerlo. Con lágrimas en los ojos, con el alma rota por el temor de volver a hallarla, después de haber hallado fruta para regalarle, partí una noche hacia su campamento. Podría ser mi última noche en la isla, podría ser la primera de toda una eternidad confinado en la tierra del olvido. Hallar el camino no me resultó nada complicado y cercano al alba, aún oscuro, encontré el lugar donde se cobijaba. Una pequeña hoguera todavía mantenía algo de calor y armado de valor, desnudo, anduve hacia el campamento mientras las lágrimas bañaban mi rostro requemado por el sol y la sal.

Me planté junto al fuego. Ella, de espaldas, dormía plácida, respiraba con lentitud. Avivé algo el fuego, con algunas ramas pequeñas y esperé, soportando el dolor del miedo a que despertara. Sabía que podía ser un desagradable encuentro, sabía que podía acobardarme. Pero mi espera no era más que la espera de aquel que ha descubierto su enfermedad y quiere recobrar su fuerza, pero sobre todo porque me vencía la curiosidad por oír su voz y volver a admirarla de nuevo.

Despuntó el sol, en un horizonte plácido, y los primeros sonidos del amanecer me sorprendieron sentado junto a la hoguera. Daba la sensación de que el mundo empezaba su rodar, que los engranajes del planeta habían estado dormidos. Ahora solamente faltaba que mi mirada se cruzase con la suya, esperar, esperar... quién podía averiguar lo que sucedería.

8. EL VALOR

Desperté, abrí los ojos lentamente y sentí la presencia de aquel hombre sentado junto a la hoguera. Dudé un instante antes de darme la vuelta, temerosa aun de no poder articular palabra. Me armé de valor y me giré hacia él y durante un buen rato nuestras miradas se cruzaron. Al final él apartó la mirada unos instantes y después volvió a buscarme para fijarse en mi rostro. Tenía el pelo negro, alborotado, lleno de arena y de sal y un rostro angulado, con una mandíbula firme, con barba de unos días y los ojos azules como el mar. Su mirada era triste, pero a la vez atractiva. Estaba delgado, pero se adivinaba que en un pasado no muy lejano había sido alguien fuerte, un guerrero que aún conservaba algo de su porte. Yo le sonreí, pero él no devolvió la sonrisa. Esperó paciente, pues tenía todo el tiempo del mundo. Quién sabe qué pensamientos cruzaron por su mente en esos momentos y cuando al fin abrí la boca, sus ojos se abrieron asombrados, como si no pudiese creer que yo fuese capaz de articular sonidos.

—Hola —saludé y yo misma me sorprendí de aquella voz que no reconocía como mía.

—Hola —respondió al tiempo que se ruborizaba.

—Bésame —le ordené con osado atrevimiento.

Y él obedeció.

No intercambiamos más palabras, ni fue necesario. Nuestros cuerpos, nuestras manos, nuestras bocas, lenguas y ojos hablaron por nuestras gargantas. Jamás había sentido tal explosión de sensaciones. Él, experto amante, se esmeró en ofrecerme la llave a un mundo que desconocía, pero que acepté sin reservas. Me fue enseñando, paso a paso, hasta que yo fui capaz de proporcionarle el mismo placer que él me regalaba.

Así fue una vez, dos e incluso tres hasta que , llegando la noche, quedó dormido bajo la maltrecha cubierta de mi cabaña a la vez que su respiración se volvía pausada, lenta. Yo permanecí despierta un buen rato, observándole, admirando el valor que había tenido de ofrecerme a ese desconocido. Ahora sabía que era capaz de hablar y en cuanto aquel hombre despertase le pediría la manera, si la había, de saber tantas y tantas cosas que me intrigaban.

9. EL PARAÍSO

Si tuviese que explicar aquello que sentí, me sería imposible hacerlo con palabras. Porque cuando abrí los ojos en la medianoche y una oscuridad total y silenciosa me envolvía, creí que mis días habían finalizado. Por un lado, sentí que quería seguir viviendo y que mi estancia en la isla había servido para hacer renacer mi voluntad de seguir luchando, pero esta vez sabiendo que la derrota forma parte de mi existencia. Sin embargo, por otro lado, el terror más profundo me invadió el alma y sentí un frío hondo que ni la hoguera más cercana podría calmar.

Era una noche sin luna y la necesidad de volver a contemplar a esa hermosa mujer era ya obsesión; por tanto, no dudé en darme la vuelta, pues allí seguía durmiendo a mi lado. El recuerdo de lo ocurrido se apoderó como una auténtica revolución de mi ánimo. El impulso, la fogosidad y la pasión irreductible fueron mi principio en los subsiguientes días mientras me preparaba concienzudamente. Juntos buscamos territorios inexplorados, alcanzamos cimas y hallamos caminos intransitados, olvidados. Hasta que una noche hallamos, por pura casualidad, el paraíso. Junto a un lago, rodeado de una profusión de vegetación que empachaba, había una cascada que vertía sus aguas cristalinas y frescas en un atronador concierto. Y junto al agua, una pequeña playa.

La luna iluminaba su cuerpo desnudo, tendida en aquella arena que reflejaba el color plata de la señora del cielo. Su piel aterciopelada, acentuadas sus formas por las sombras, maravillaban mis ojos que se deleitaban con esa visión. Me sentía fascinado y no quería romper la magia de ese instante, más bien no me atrevía.

No puedo precisar el tiempo exacto en el que, embelesado, estuve observándola. Anhelando besarle esa tibia piel que se me antojaba salada. No sé, tampoco, cuánto tiempo estuve rememorando su voz cálida. Pero cuando mi conciencia me hizo sentir demasiado culpable por la observación minuciosa, detallada, a la que la estaba sometiendo, mientras contemplaba absorta el paisaje, decidí acercarme lentamente hasta hallar la distancia íntima, ese roce silencioso, que precede al beso apasionado.

Me entregué, sí, y ese comportamiento me hizo olvidar mi derrota del pasado...

10. DESNUDO

Amaneció. Abrí los ojos y la descubrí observándome.

—¿Cuál es tu nombre? —quise saber.

Debo reconocer que me sorprendió su pregunta. No esperaba ya que allí, en la isla, hubiese alguien interesado en conocer mi nombre. Consciente de que transcurrían los segundos sin yo dar respuesta alguna, y que mi expresión debía ser bastante cómica, a mi mente acudieron escenas de mi pasado; de aquel pasado guerrero en el que visité mil lugares distintos y en los que poseí mil nombres diferentes.

De qué hubiese servido decirle que había pertenecido a la estirpe de los asesinos de Dapur, que en aquel tiempo mi nombre era motivo de orgullo y causaba temor entre los miembros del Círculo Negro. De qué hubiese servido mentarle mi nombre de nacimiento y contarle después que pertenecía a una de las familias más nobles de Gali, la ciudad de los pantanos, y que era descendiente directo de un cartógrafo al servicio de un gran monarca. De qué hubiese servido siquiera contarle que yo era un mercenario rojo, un cuerpo de guerreros de élite que servían al rey de Aras, la ciudad más hermosa jamás construida en Hárkad.

Sencillamente era un hombre, ahora en la isla, un hombre como otros que buscaba morir para renacer, cerrar un ciclo para empezar el siguiente con todo el bagaje aprendido, preparándome para un nuevo comienzo.

Y ese era mi deseo, mostrarme desnudo tal cual era en ese instante, poseedor de todo lo que la ha vida me había enseñado hasta ese momento, con una curiosidad inacabable, hambriento de todo lo que se me pudiese ofrecer; aun así sabía que aquella mujer necesitaría un nombre, porque los nombres nos dan la singularidad de quien los posee y vencen el temor que, desde el principio de los tiempos, nos provoca lo desconocido.

Ella necesitaba saber mi nombre y yo tenía que darle uno para después pedirle el suyo. Por eso, en mi cabeza busqué uno que me identificase en todas las escenas de mi pasado, porque ahora era yo con todo lo que representaba, sin fragmentos. Por fin encontré uno y así se lo dije mientras cogía de nuevo su mano.

—Llámame: Guardián de los Sueños. ¿Y el tuyo?

11. PRESENTACIÓN

Me sorprendió su respuesta y al mismo tiempo dudé de cuál tenía que ser la mía, pues si alguna vez había tenido un nombre, lo había olvidado completamente. No podía demorar mucho rato lo que aquel hombre me pedía y no sabía qué contestarle. De nada hubiese servido explicarle que no recordaba mi nombre, si alguna vez lo había tenido, pues no sabía quién era, cuánto tiempo llevaba yo en aquella isla, ni siquiera recordaba si alguna vez había vivido fuera de aquella tierra. No sabía absolutamente nada de mí y eso empezaba a preocuparme. Incluso me sorprendía haber hallado a alguien en aquel lugar remoto y que yo, habiendo dejado desatados mis instintos, a los cuáles no era capaz de controlar, me hubiese entregado al Guardián de los Sueños.

Ante la mirada expectante de aquel hombre, busqué en mi mente algo que me identificara, que me representara de alguna manera para poder darle un nombre y lo único que hallé fue lo que ya sabía con certeza.

—Soy la mujer de la isla —respondí con una sonrisa.

—Eso es una evidencia —dijo sorprendido—, no un nombre.

—Tampoco lo es el tuyo, el que me has dado —repliqué.

—Está bien –suspiró—. Mi nombre verdadero es Nímril.

—El mío no lo recuerdo —confesé.

—Entonces buscaré uno para ti —propuso—. Nayana —anunció después de pensar un rato—. Nayana será tu nombre. Nayana, la de los ojos bellos.

Me gustó cómo lo dijo, me gustó la sonoridad de aquella palabra en su boca, con su voz. Repetí mi nuevo nombre varias veces, memorizando, hasta que me pareció que era mi nombre desde siempre, desde el inicio de los tiempos. Sonreí y le di las gracias por tan bonito regalo, en realidad el único que nadie me había hecho jamás.

—Ahora podemos presentarnos el uno al otro —dije—. Mi nombre es Nayana.

—El mío, Nímril.

Y nos abrazamos.

12. LA DANZA DEL AGUA

Habíamos regresado a su campamento y la luz cálida de aquel atardecer silencioso se había instalado a nuestro alrededor, incluso daba la sensación de que el tiempo había detenido su implacable avanzar y que el mar, a veces embravecido en esa hora tardía, había calmado su ímpetu, observándonos con detenimiento, con lentitud, regalándose a sí mismo esa imagen de descubrimiento.

Mi mano había dejado su cintura, pero seguía prisionera de su mano, de sus dedos cálidos que danzaban con los míos una danza ritual, un vaivén parecido al de las olas que nos observaban maravilladas, ahora. Y mientras su mirada luminosa se posaba sobre mi mirada todavía inocente y temerosa de descubrir un nuevo universo, nuestros dedos jugaban en la quietud, en el intervalo minúsculo del tiempo que existe justo antes de romper la gota de lluvia contra el suelo.

Su tacto, su piel se me asemejó más suave, incluso, que las sedas más perfectas que hubiese tocado jamás y su voz, cuando me mostró el odre vacío y me pidió una tregua insolente, me pareció de una dulzura sedante.

Sin dejarle la mano, tal vez por miedo a perder aquello que me había abierto los ojos a una realidad triunfante, dándole la espalda al mar que ansiaba ver todo cuanto sucedía, la conduje de nuevo a la cascada, al mismo lugar que habíamos descubierto y donde nos habíamos entregado por primera vez. Dejé que contemplara la descarada maravilla de aquel rincón oculto, que el sonido del agua cayendo desde lo alto iniciara una sinfonía embriagadora y lentamente fui metiéndome en el agua reparadora.

Fue en aquel instante cuando supe que la frontera estaba cercana a ser cruzada, al fin. Que mi estancia en la isla permitía el renacer del guerrero que nunca dejé de ser. Y atrapado en la danza del agua tiré de ella hacia mí mientras le decía, con una débil sonrisa:

—Nademos y bebamos hasta saciarnos.

13. TEMBLOR

Temblé.

Temblé y aún no he dejado de temblar, cada vez que me acuerdo de aquella mirada posada sobre mi rostro. El cuerpo de aquel hombre que se había vuelto tan atractivo para mí, aquella melodiosa voz acariciándome los oídos y aquella mano que me arrastraba a un torbellino de sensaciones, de furor y de vertiginosos deseos. Y sigo temblando, temblando de pavor al ver que no podía responder porque había caído en un embelesamiento y me dejé arrastrar por él hacia el lago, junto a la cascada.

Hubiese querido hablarle, pero mi voz se había quebrado repentinamente y mi mirada confusa solamente esperaba de él que me guiase, que me transportase, pues yo ya no era dueña de mi voluntad, si alguna vez lo había sido.

Nímril debió interpretar mucho mejor que yo mis gestos, mi sonrisa, mi mirada, mi temblor porque me condujo dulcemente al lugar donde disfrutamos de nuestros cuerpos. No me importó que ahora su cuerpo se me apareciese maltrecho y que no era ni una triste sombra del esplendor de un pasado.

En medio de ese temblor me lancé a sus brazos y lloré como lo hubiese hecho una niña desamparada, pero embriagándome del olor que desprendía su cuerpo y su cabello y poco a poco, muy lentamente, fui apaciguando mi miedo, mi desazón, mi torbellino.

Pero sin abandonar mi temblor, un hilo de voz apareció desde mi garganta reseca y en su oído dejé mi nuevo mensaje.

—Tengo hambre.

14. FRONTERAS

Hay momentos en que las fronteras se olvidan, tal vez porque nos parecen inalcanzables o porque nos dan miedo y ese temor que provoca el imaginarnos cruzándolas hace que las borremos de nuestra memoria. A veces ocurre que nos acomodamos tanto que despreciamos el valor que pudo haber tenido la aventura de acercarnos a una de esas fronteras. Pero ellas están siempre latentes en algún lugar recóndito y en los instantes más inesperados se presentan ante nosotros como señores reclamando el pago que les debemos por seguir existiendo.

Abrir los ojos y encontrarse ante una de esas fronteras que creíamos desterrada, así de repente, provoca una sensación de vacío, de vértigo incontrolable y te transporta al límite del territorio que una vez quisiste cruzar, es decir, al pasado olvidado.

Comiendo esas grosellas, bajo la mirada profunda de Nayana, recobré la noción de lo que había sido y un rumor inquietante empezó a mover mi espíritu porque me supe guerrero, guerrero vencido, pero no derrotado. Me supe luchador hambriento de nuevas batallas después del proceso depurativo por el que estaba pasando. Y ante la frontera del recuerdo no me quedó, no quise que me quedara, más remedio que cruzar.

Ahora sabía perfectamente quién era y no tuve vergüenza de mi desnudez. Mi mirada se volvió sabia, profunda, curiosa y ante mí apareció una nueva frontera jamás explorada. El cuerpo de aquella mujer que me regalaba su alimento, su compañía, su amor... se me asemejaba tan bello que de una forma furtiva acaricié su cintura con respeto, sintiendo su tibieza apoderarse de mi aliento. Y al cruzar esa nueva frontera supe que empezaba a vencer todos mis miedos.

El paisaje que contemplaba una vez más, me hizo consciente el hecho que desde la llegada a la isla no había querido o no había sabido ver que la misma isla era otra frontera. Y ante el desafío de traspasarla, con la fuerza y el conocimiento necesarios, yo y mi mano, indolentes, nos adormecíamos en otra frontera, en otro cuerpo...

15. LA RENUNCIA

Jamás había visto una batalla semejante. Era un espectáculo feroz, aturdidor, enigmático y esplendoroso. Las fuerzas de la naturaleza en actitud desafiante. El mar golpeando, furioso, la isla en que nos encontrábamos y la torrencial lluvia cayendo sobre nosotros como una cortina pesada y espesa. Cuando el rayo rompió la oscuridad en la que habíamos penetrado, adiviné ver el rostro de aquella mujer a escasos centímetros, luego sentí un beso en la mejilla, pero no puedo precisar si fueron sus labios los que me rozaron o las gotas de lluvia lanzadas con violencia por las ráfagas del intenso viento.

El ruido era ensordecedor, daba la sensación de que el mundo entero se derrumbaba a nuestro alrededor, que llegaba el fin de los tiempos. El mar rugía espumoso y con la luz de un nuevo rayo pude ver que la mujer se alejaba hacia el acantilado. Mi mano aún seguía notando su calor. Intenté seguirla, pero me detuve en el pedregoso camino que durante los últimos días había recorrido. Y fue en ese instante en que me hallé lejano. Lejano de la isla, lejano de la mujer que corría con amargura en su alma y que se dirigía hacia el lugar más elevado de la isla, escalando, con dificultad temeraria, para ofrecerse voluntariamente a sus dioses, a su luna.

Yo sabía, tuve la certeza absoluta, que mis días en la isla habían finalizado. Había vencido mis miedos, mis dudas, mis monstruos. Volvía a ser un hombre entero, sabedor ahora de mis límites y, por tanto, preparado para volver entre los míos, más rico en experiencias; en definitiva, más fuerte. No quise seguirla porque ella pertenecía a otro mundo diferente al mío y su estancia en la isla dependía de sí misma, como la mía había estado supeditada a mi crecimiento. Decidí renunciar a ella porque era el momento de mi regreso.

Desde mi silencio, empapado por el agua que seguía azotándome, pude verla en lo alto de la atalaya con los brazos abiertos, recibiendo el agua furiosa de la lluvia, en actitud de ofrenda. En aquel momento el rayo la hirió. El estrepitoso trueno que siguió no me permitió distinguir si hubo grito o silencio. Mi naturaleza, todo yo, salté a la carrera hacia ese punto elevado. Escalé tan rápido como pude, rasgándome, hiriéndome, cortándome en aquella roca rebelde hasta que llegué junto a ella. Estaba lívida, sin aliento apenas...

Le cogí la cabeza con ambas manos y la acerqué hacia mí. Mis lágrimas se mezclaron con la lluvia, sobre su rostro apagado. Acerqué mis labios a los suyos para darle mi calor, para regalarle la vida. Y una voz en mi interior me advirtió que si la besaba estaba renunciando al regreso.

No lo dudé. Con lentitud pasmosa, esperando que abriera sus ojos perfectos y me mirara, sencillamente la besé.

16. CALMA

Calma. Esa era la palabra, la sensación. Calma. La isla había quedado en silencio absoluto. El mar parecía una superficie pulida, un cristal inalterado y el cielo de un azul profundo, casi eléctrico, mostraba unas estrellas generosas que titilaban con una intensidad que yo jamás había apreciado. El silencio se había apoderado de aquel instante y la frescura, dejada por la lluvia que había caído, impregnaba nuestros cuerpos.

Permanecí atrapado en ese beso. Fue tan dulce, tan sincero, que también yo quedé mimetizado en el silencio y solamente cuando aquellos preciosos ojos se entreabrieron, fui consciente de que el regreso se demoraba eternamente. La vida volvió a sus mejillas y su mirada brilló de nuevo bajo la luz de todas las estrellas del universo.

No sabía qué decirle, no sabía si podía escucharme, no sabía si era consciente de aquel tacto cálido con el que la envolvía del frescor de aquella noche calmada. Eran tantas las cosas que quería contarle, tantas las que quería escuchar. Sin embargo, una vez más volví a sellar sus labios con un nuevo beso, apacible, sin prisa, porque sabía que aquella noche era nuestra, de los dos, para tomarla con calma.

Después de aquel segundo beso la acomodé entre mis brazos, dándole todo el calor que mi cuerpo desprendía y en absoluto silencio levanté la vista al cielo para agradecer a mis dioses que ella estuviese viva. En medio de la calma empecé a oír un rumor, un leve sonido, que fue creciendo. Enseguida comprendí que era mi corazón latiendo y haciendo un esfuerzo para no romper la magia de aquella calma tan apetecible, dije:

—Ahora duerme. Porque yo soy el Guardián y velaré tus sueños.

En ese instante una estrella fugaz cruzó el cielo.

17. LA MARCHA

Desperté por la mañana y ella no estaba a mi lado. Oteé la playa y allí la descubrí, en el mar, bocabajo. Corrí desesperado y con cautela, con suavidad, con suma delicadeza abracé aquel cuerpo, que medio sumergido en el mar, flotaba inerte, inconsciente, casi sin vida. Cargando con él, en brazos, me acerqué a la orilla y lo deposité sobre la arena caliente, implorando a los dioses que le devolviesen la vida, que le dieran el aliento a la mujer que ahora yacía junto a mis rodillas. Velé ese cuerpo y ese espíritu durante tres días y sus tres noches con una hoguera permanentemente encendida para que el poco calor que poseía no huyera hacia espacios infinitos, lejos de su alma dormida.

No bebí ni comí absolutamente nada en todo ese tiempo que permaneció sumida en el más profundo sueño. Ignoro qué mundos visitó, si es que lo hizo. Pero todo mi empeño fue en mantener el poco hálito que tampoco sé si ella quería. Pensé que, si el destino se empeñaba en acabar con aquella mujer, me lo haría saber mediante señales, o de alguna forma concreta.

Al tercer día, cuando el sol estaba alto, movió levemente los dedos de su mano izquierda y supe entonces que regresaba a la vida, que volvía su espíritu a la isla; que su mente, harta de oscuridad, había decidido habitar de nuevo aquella maravilla de cuerpo que los dioses le habían otorgado.

Mi misión estaba cumplida, mi estancia en la isla, comprendí, había finalizado. Me esperaban otras vicisitudes y ya curado de mi enfermedad, volvía a tener un nombre, una historia, una vida. Es cierto que la amaba, pero ella era tan hermosa que no era merecedor de su compañía. Quería marcharme con el recuerdo vívido de su turbadora mirada. Así pues, sabiendo que el momento de su despertar estaba cercano, avivé la hoguera, deposité algo de comida junto a ella y con un palo escribí mi última frase en la arena, para que al abrir sus deliciosos ojos pudiese leerla.

Firmé Nímril y me zambullí en el mar en calma, alejándome a nado de la isla... creyendo que sería para siempre.

18. EL REGRESO

Me costó muchas noches de insomnio, de pensar y analizar las consecuencias, de estar más fuera de mí que de permanecer concentrado en mis asuntos. Todos decían al observarme que mi larga desaparición me había transformado, que me había influido de forma significativa. Algunos se atrevieron, incluso, a decir que padecía una extraña enfermedad desconocida o que durante mi ausencia había visitado territorios extraños y prohibidos, cercanos a los espíritus de los muertos. Pero nadie supo jamás qué ocurría dentro de mí.

Inmerso en esa lucha feroz, deseoso de olvidar mi pasado y ansioso por volver a ser el guerrero que siempre fui; habiendo aprendido que la derrota era parte de mi vida y que era necesaria para valorar todavía más las victorias, por fin una madrugada me decidí.

Un cielo blanquecino por la bruma parecía acompañar mis pensamientos mientras descendía al puerto de mi ciudad. Envuelto en mi vieja capa, ataviado como un luchador, sin ostentación ninguna, embarqué con destino a la isla.

Regresaba, porque intuía que mi felicidad podía residir allí, y la sola posibilidad de volver a contemplar aquellos maravillosos ojos era para mí suficiente. Necesitaba enfrentar mi regreso aun sabiendo que la mujer podía no estar esperándome o incluso despreciar mi presencia, ofendida por mi marcha.

La intriga, sin embargo, o tal vez un sentimiento de conexión entre el alma de aquella mujer y mi alma inquieta, no saciada por las búsquedas que había emprendido, me convencieron para regresar, pero esta vez con un nombre, con un rumbo más definido.

Arribé y desembarqué, arrastrando el bote hasta la playa para que las mareas no me lo arrebataran. Volver a poner mis pies sobre la isla provocó una vorágine de emociones que se transformaron en colores, en olores, en sensaciones que ya empezaban a ser familiares y que me estremecieron.

Ahora solamente restaba encontrarme con ella y sucumbir a aquella dulce y salvaje mirada. Ajusté mi espada al cinto y respiré hondo antes de adentrarme en el bosque y dejar mis huellas en la arena, alejándome de la barca.

19. DESENLACE

No me costó encontrar el camino que conducía al campamento de Nayana. Llegué excitado, ansioso, pero ella no se encontraba allí. Decidí esperar paciente su regreso, pues imaginé que estaría rondando la isla para conseguir alimento y que tarde o temprano volvería. Observando mejor la zona advertí que la hoguera llevaba varios días sin haber sido encendida y que el resto del lugar parecía descuidado, como si llevase varias semanas deshabitado. Me levanté alarmado y después de otear la línea de la costa, me dirigí a la cascada donde habíamos pasado tantos momentos formidables, pero tampoco la encontré. Preocupado por su ausencia decidí subir al punto más alto de la isla para advertir algún vestigio de humo o cualquier pista que pudiese indicarme su exacta localización.

Cuatro días pasé en la isla, recorriéndola de un lado a otro sin encontrar a aquella mujer, sin saber si seguía viva o muerta, sin averiguar qué había sido de ella. Pensé que, tal vez habiendo descubierto mi marcha, había decidido seguirme para estar junto a mí y ahora estaría en el continente, con lo que se me antojaba imposible reencontrarme con ella. Solo pasaría un día más en la isla, pues si no aparecía la daría por perdida para siempre. Mi error había sido la huida, mi ausencia, pero tenía claro que mi aprendizaje en la isla había terminado y por eso había regresado. Sin embargo, en mi casa descubrí que amaba a Nayana y que no podía vivir sin ella a mi lado.

Al amanecer del sexto día abandoné la isla convencido de que ella ya no habitaba en ese lugar. Arribé con mi barca al puerto de Denwas y una vez amarrada la embarcación me dirigí a la taberna del puerto. Allí sentada, sola con la cabeza cubierta con una capucha estaba ella. La reconocí al instante porque sus ojos hermosos brillaban con el reflejo de la luz del fuego encendido de la chimenea. En cuanto me vio entrar se levantó y se dirigió hacia mí, mientras mi corazón latía desbocado y asomaba una sonrisa de gozo por el reencuentro.

—Nímril —me dijo muy seria—. Así firmaste en la arena el día que huiste de mí y de la isla. ¡Qué manera más cobarde de amar! ¿Acaso te di miedo? Me diste un nombre, me diste compañía, me salvaste de la muerte y cuando yo te iba a entregar toda una vida de felicidad junto a ti... me abandonaste. Tienes mucho que aprender todavía. No creas que tu camino de sabiduría ha terminado. Pero no lo harás junto a mí, eso puedo asegurarlo.

Atónito, dejé que se marchara para siempre.

www.ingramcontent.com/pod-product-compliance
Lightning Source LLC
LaVergne TN
LVHW010950110826
845149LV00015B/3285